集英社オレンジ文庫

ミッドナイト・モクテル

飲まないあなたのためのバー

ゆきた志旗

Contents

イラスト／桜田千尋

飲まないあなたのためのバー
ミッドナイト・モクテル
Midnight Mocktail

最近、何かに酔いましたか?


音楽に酔いしれた。

素晴らしい絵に、美しい物語に陶酔した。

あるいは車や、船に酔った。人混みに酔うこともあるでしょう。

甘い言葉に酔わされたり、自分に酔うのも、たまにはいいかもしれません。


そのバーは、お酒ではない一杯であなたを酔わせてくれます。

うっとり、ふわふわ、夢の波間を揺蕩《たゆた》うように、心が少し軽くなる。

飲む人も飲まない人も、疲れていたらどなたでも、このとまり木で羽を休めていってください。

ただし、ヨッパライはおことわり。

1. 終電のシンデレラ

赤ワインのような朝焼けだった。

燃えさかる色が目に刺さり、ミチルは重いまぶたを束の間とじる。わずかな湿り気が痛いほど眼球に染みて、ひりひりに乾いていたのを知った。

しんどい。もう少し横になりたい。

全力で訴えてくる心の叫び、いや身体《からだ》の悲鳴に抗《あらが》って、握り締めたカーテンを全開にする。

昨夜は部屋に入るなりベッドに倒れ込んでしまったから、シャワーも浴びなくては。最低限の身繕《みづくろ》いをして予定通りチェックアウトするには、二度寝は絶対に許されない。

山梨県内某《ぼう》所のホテル。客室の窓から朝日に輝く山の稜線《りょうせん》を眺めながら、ミチルは堪《た》えがたい眠気と頭痛、さらには吐き気と闘っていた。

食品卸《おろし》会社の桃乃《ももの》商事に入社して、早《はや》数ヶ月。この日は若手社員を対象とした研修旅行の最終日だった。

何とか身支度をして帰りの貸切りバスに乗り込んだミチルは、座席に辿《たど》り着くや否《いな》や、磁石に引き寄せられたように身体を投げ出した。シートを倒しても、倒さなくてもしっくりこない気がして、結局冷たい窓に凭《もた》れて目を閉じる。

昨日一昨日《おととい》とそれぞれ一か所ずつ、取引先である国内ワインメーカーを訪れ、挨拶《あいさつ》を兼ねて醸造所《ワイナリー》を見学させてもらった。

どちらも素晴らしい施設だった。案内をしてくれた担当者たちは一様に、手塩にかけたワインへの強い愛情と誇りを持っているのが見て取れた。

そんな彼らの口から葡萄《ぶどう》栽培にまつわる苦労と喜び、徹底した味へのこだわりを聞かされたミチルには、いざ振る舞われた自慢のハウスワインを前に、とても言いだすことなどできなかったのだ。


わたしお酒飲めないんです、とは。


お酒はあまり強くない、とは入社試験のときに言ったはずだった。

一滴も身体が受けつけない、一口飲んだだけで昏倒《こんとう》するような重度のアルコール不耐症というわけではないが、ビールのジョッキ半分も飲めば顔が茹《ゆ》で上がり、一杯飲めば翌日まで倦怠《けんたい》感を引きずってしまう。世間一般の飲める・飲めないの区別でいえば、確実に飲めない方に入るだろう。

もっと強く、しかと飲めないことを念押ししておくべきだったのかもしれない。

けれど、面接官から敢《あ》えてそれを尋《たず》ねられたとき——就活の荒波に揉《も》まれ、後がなくなりつつあった戦況が、声高《こわだか》にノーと答えることをミチルに躊躇《ちゅうちょ》させた。

結果的にこの会社から唯一の内定をもぎ取ることができたのだから、あれでよかったのだ、きっと。そんなふうに就職の安堵《あんど》と喜びに浸っているうちに、面接で何を話したかなんてことは、ミチルもほとんど忘れてしまっていた。

それは面接官の方も同じだったのだろう。ミチルの曖昧《あいまい》な受け答えなど、氏名のインパクトの前にすっかり忘れ去られてしまったらしい。

かくして酒匂《さこう》ミチルは、取引先にウケがよさそうな名前だという安直な理由によって、流通営業部〝酒類〟販売二課に配属されてしまった。

東京への帰路、曲がりくねった山道を走るバスに揺られながら、ミチルはぼんやりと田舎の父のことを思い出していた。普段は人一倍きちんとしているのに、たまに接待だとかで酔い潰れて帰ってきた父の姿を。

よれよれになったワイシャツから覗《のぞ》く皮膚《ひふ》はまだらに赤く染まり、身体は骨が溶けたようにぐにゃっとして、玄関に入るなり重力に屈服してしまう。

父本人もそんな自分が気恥ずかしかったのか、三和土《たたき》に座り込んだまま言い訳めいた管《くだ》を巻くのが常だった。

これも仕事だ、父さんは家族のために会社で闘っているんだぞ、と。

そういう父の苦労を、古いと切って捨てるような風潮は嫌いだ。なりふり構わず働いてくれた父は誰が何と言おうとかっこいい。父には心から感謝している。

だけどそれは、あくまであの時代だからこその話だと思っていた。今時まさか、自分がお酒で苦労する羽目になるなんて考えもしていなかったのに。

「ミチルー、あれっ寝てる？」

目だけを開けて上を見ると、前の座席から井原愛菜《いはらあいな》が顔を出していた。

愛菜とは入社前からの仲で、集団面接の帰りにどちらからともなく話しかけて親しくなった。

二人揃《そろ》ってこの会社に入れたことを互いに喜び合ったものだが、皮肉にも酒好きの愛菜は酒と直接関わる機会のない本社総務部に配属され、ミチルとはお互いの立場を入れ替えたいと真剣に願い合っている。

この研修中も、愛菜は連日ここぞとばかりに試飲のワインをお代わりしていただけでなく、夜は同じく酒好きの同僚たちと市街地に繰り出し、地元の居酒屋で明け方近くまで飲んでいたらしい。

酒類は桃乃商事の主力商品の一つであり、愛菜のように仕事にかこつけて色んな酒が飲めるのを期待して入社してくる、呑兵衛《のんべえ》社員が少なからず存在するのだ。

「しんどそうだね……お菓子回そうと思ったけど、いらない？」

その言葉を耳にした途端、車内に充満したスナック菓子の匂いに意識が向いてしまい、いっそう胸が悪くなった。

「ん、いらない……ありがと」

力なく首を振るミチルは、愛菜の体質を心の底から羨《うらや》ましく思っていた。自分よりよほど寝ていないはずなのに、愛菜は疲れを見せるどころか、まだまだ楽しみ足りない顔でこの旅の終わりを惜しんでいる。

「酒匂さん、大丈夫？」

愛菜の隣から、今度は男の顔が覗いた。本社企画部の高木《たかぎ》という人で、営業所勤務のミチルとはこの研修旅行で初めて知り合った。同業他社から転職してきたばかりの中途採用者で、社会人としては六年目と言っていたはずだ。

「つらそうだね、横になった方がいいんじゃない？　一番後ろの席空けてもらおうか」

そう言って席を立とうとする高木を、ミチルは慌《あわ》てて引き止める。

「大丈夫です、ちょっと疲れただけなので……」

大げさにされたくない意を酌《く》み取ってくれたようで、高木は「そう？」と腰を戻した。けれどもまだ座席の横から顔を出し、気遣わしげな視線を送ってくる。

「緑茶あるけど飲む？　ミントのガムもあるよ」

「いえ、大丈夫です、ありがとうございます……」

厚意はありがたいが、今はとにかく何も口に入れたくない。ただただ寝たい。

「とりあえず渡しとくから、あとで飲みたくなったら飲んで。いらなかったら無理しなくていいから。あ、遠くの景色とか見るといいらしいよ。最終日だと疲れも出るよね……俺も普段はそんなに酔う方じゃないけど、バスでこの山道だと気分悪くなるのもわかるな」

ミチルは苦笑してペットボトルを受け取った。乗り物酔いと思われているようだ。

本当は二日酔いなんです。三半規管はめっぽう強い方なんです。

されど元気なときならいざ知らず、この状態で『こんな名前なのに酒が飲めない、のに酒類販売担当』というてんこ盛りなネタを開示するのは面倒だ。

いじられるのもだいぶ慣れてきた今日この頃だが、今ばかりは受け答えをする気力がない。だから余計なことは言わず、早く会話を終わらせたかった。

愛菜も察してくれたようで、ミチルが静かに眠れるように、さりげなく高木に別の話題を振って前を向かせてくれた。

ありがとう愛菜。心の中でお礼を言いながらまぶたを落とすと、バスの振動に揺り落とされるように、どろりと意識が沈んでいった。

やはり睡眠は偉大。単なる時間経過もあるだろうが、とにかく解散場所の東京駅に着いたとき、ミチルはまともに歩けるようになっていた。多少の胸やけは残っていたものの、おかげで普通に荷物を抱えて電車に乗り、自宅に帰ってくることができた。

ありふれたワンルームの部屋、見慣れたチェック柄の布団が掛かるシングルベッドを目にして妙にほっとしてしまう。

「ただいま我が家ぁ……」

ぼすんとベッドに倒れ込んですぐ、携帯が短く振動した。横になったままポケットから取り出して見ると、愛菜からのメッセージだった。

〈家着いた？　ほんとに大丈夫？　付き添わなくてゴメンね〉

だーいじょーぶ！　とドヤ顔で胸を張る八頭身猫のスタンプを返す。本当はこの不気味な猫ほどの余裕はないが、心配してほしいわけではないからこの返事でいい。

駅での解散後、まだ日も高いというのに、ほとんどのメンバーが打ち上げと称して飲み会に流れた。

愛菜は一緒に帰ろうとしてくれていたが、ミチルはそれを断って一人で帰ってきた。本当は愛菜も飲み会に行きたいのに、ミチルを気遣ってくれたに違いなかったから。

酒類担当と決まったときは絶望したけれど、こんな仲間もいるのだからこの会社を嫌いにはなれない。仮に嫌いだったとしても、このご時世、やっとの思いで摑《つか》んだ正社員の職をやすやすと手放すわけにはいかない現実もある。

「辞めないぞ、わたしは……」

この研修旅行が終わったら、正式に引き継ぎを受けて営業として本格始動することになっていた。

大丈夫。飲食店からお酒の注文を受けて、納めるだけ……今回みたいに自分がお酒を飲む機会なんて、そうそうない。きっと。ヤクの売人《ばいにん》だって自分では打たないっていうし。

もうひと眠りしてしまおうかと思ったところで、また携帯が震えた。

〈お疲れさまでした。具合は大丈夫？　ちゃんと帰れましたか？〉

高木からだった。初日のグループ行動が一緒だったので、連絡先を交換していたのだ。彼もずっとミチルのことを心配してくれていた。体調のせいでまともに話もできなかったが、ちゃんとお礼を言わなくては。

〈無事帰宅してます、色々お気遣いありがとうございました。打ち上げ楽しんでください！〉

送信して、ごろりと仰向けになった。

高木さん……マメというか、やさしい人だなと思う。それに結構かっこよかったな、とも。

すぐに返信がきて、携帯を持ち上げる。

〈ならよかった。お大事にね〉

〈俺は打ち上げ行ってないよ。正直居酒屋とかちょっと苦手……大事なお取引先だから、大きな声では言えないけどね〉

がばりと起き上がった。

「嘘《うそ》……仲間？」

彼も前職はミチルと同じ酒類の営業だったと聞いた。同じように、飲めない体質でこの仕事をしていた先輩ということか。

やっぱり下戸《げこ》でこの仕事はキツくて転職したのだろうか。だとしたらわたしもアドバイスをもらいたいし、単純に色々お話ししたい。もう立場だけで共感が止まらない。

「あ……だけど……」

急に起き上がったせいで、ひどい眩暈《めまい》に襲われた。また横になって目を閉じると、家に帰ってきた安心感からか、そのまま微睡《まどろ》みに落ちてしまった。

これでもかというほどぐっすり寝たので、さすがに翌日は心身ともにすっきり、気合い充分で出勤できた。そんなミチルを嬉々《きき》として迎えてくれたのは、先輩社員の安藤《あんどう》だ。

「おかえり酒匂さん、研修旅行お疲れさまでした。じゃあ約束通り、引き継ぎお願いしまーすってことで、さっそく挨拶回り行っちゃいましょう！」

先月子どもが生まれたばかりの安藤は、かねてからオーバーワークを訴えていた。ようやく担当の一部を後輩に譲り、少しは早く帰宅できるようになるとあって上機嫌である。

これまでも安藤に連れられて何度か訪れていた取引先の飲食店へ、今日はミチルの運転で向かう。営業車のミニバンが走り出してまもなく、助手席の安藤が言った。

「酒匂さん運転結構うまいじゃん。もともと乗ってた人？」

「いえ、とりあえず合宿免許取っただけでペーパーだったので、配属決まってから慌てて実家の車で練習しました」

「へー、それにしてはスムーズだし危なげないよ。センスあるんじゃない」

ミチルは苦笑してハンドルを切った。下手に自動車免許なんか持っていたから、この部署に配属されてしまったんだ。ちなみに愛菜は仮免の技能試験に五回落ちて、親に教習所を辞めさせられたと聞いた。

「運転も心配ないし、もう馴染みのお店ばっかりだから、気負わずこれまで通りやってくれればいいよ」

今回引き継ぐ取引先のほとんどが、すでに安藤のサブとして一緒に出入りしている店だった。この日も挨拶回りとはいっても、正式に安藤から引き継いだことをあらためて報告する程度のことだ。

十数軒目のレストランで挨拶を終え、駐《と》めていた車に戻ると安藤が言った。

「お疲れさまー、今日はもうこの辺で切り上げよっか。あとは早くても夕方じゃないと訪問できないとこだから、悪いけど酒匂さん明日にでも顔出しといてくれる？　みんな行ったことある店だから、一人でも大丈夫でしょ。そんなに件数もないし」

酒を扱う飲食店でもレストランや居酒屋ならランチ営業しているところが多いが、営業が深夜帯に及ぶバーや、いわゆる夜のお店などは読んで字の如《ごと》く、基本夜しか開いていない。開店前の準備時間があるにしても、明るいうちに訪ねたところで空振りに終わる可能性があった。

早く帰って子どもの顔を見たい安藤としては、無駄に時間を使わず、このあたりで営業所に引き返し、事務仕事を済ませてきっちり定時で上がりたいのだろう。

「わかりました。大丈夫だと思いま……あれっ」

膝《ひざ》の上でノートPCを開いていたミチルは、確認した引き継ぎリストの中に見覚えのない店名があることに気づいた。

「あの安藤さん、このバー、ここだけ連れてってもらったことないと思うんですけど」

画面を安藤に向けて、『SOBER CURIOUS』という店の名を指し示す。

「あー……、そこはね、いいの。わざわざ顔出すほどのこともないっていうか。売上にならないし、まあ時間あったら何かのついでに寄ってくれればいいよ」

あまりの投げやりな返事にミチルは少し驚いて、その店との取引履歴のデータを開いた。

「え……受注少なっ。ここバーですよね？」

レストランならメインは料理だが、バーは酒そのもので商売しているはずなのに、これしか酒を仕入れないでいったいどう営業しているというのか。

思わず言うと、安藤が「でしょ」と苦笑する。

「仕入れが一か所とは限らないし、他のとこからも仕入れてるのかもしんないけど、そもそもお客さん自体がさっぱり入ってなさそうだし。見かねてこっちが何か提案しようとしても、全然聞く耳持たないしさぁ」

会社にとって、酒を注文してくれるお客さまである飲食店とは共存共栄。店が繁盛《はんじょう》すればするほど商品が回転して仕入れの量も増え、こちらの売上も上がるので、営業の仕事には適宜《てきぎ》経営のアドバイスをするコンサルティング的要素も含まれている。

逆にいえば、そうした提案に従って経営を改善させてもらわないと、担当者としては困るのだ。

「いつ潰れてもおかしくなさそうなのに、不思議と潰れないいんだよね。別に儲《もう》からなくてもいいって感じの態度だし、いわゆる税金対策とかさ、金持ちが道楽でやってるような店なんじゃないの、たぶん」

「はぁ……」

厄介《やっかい》な店を引き継いでくれたものだとも思うが、このくらいが新人にはちょうどいいだろうと譲ってくれたのかもしれない。仮に何かミスやトラブルでもあって取引を切られたとしても、こんな相手なら痛くも痒《かゆ》くもないだろうから。

ため息を押し殺し、閉じたPCを後部座席にやると、車を発進させた。


帰宅したミチルは、作り置きの総菜で夕食を済ませてシャワーを浴びた。

バスルームから出てくるとローテーブルでPCを立ち上げ、動画配信サイトを開く。ドラマを再生させて画面を見ながらタオルで頭を拭き、ドライヤーをかけるときには字幕をオンにした。

一日一話、髪を乾かしながらドラマ鑑賞。お酒も嗜《たしな》まず、これといった趣味もないミチルにとって息抜きといえばこれくらいだ。

今観ているのは十年前に放送されていたドラマで、ＩＴ企業で働くヒロインが恋に仕事に悩みながらも幸せを摑んでゆくストーリー、らしい。

ドラマはいい。それもひと昔前の、王道のドラマが好きだ。ドラマのＯＬは、ミチルにないものをみんな持っている。

どんな副収入があるのかと怪しまずにはいられないほど広くてハイセンスな部屋や、日替わり最新流行（当時）のファッションもそうだし、落ち込んだら夜中でもすぐに駆けつけてくれる――それどころか、時には勝手に何かを察して励ましに来てくれる親友もいる。

そのうえ最終回にはイケメンの彼氏まで出来ているのだから、何というかフルコースだなと時に陶酔し、時にやっかみながら全話十時間ほどのストーリーを追いかけている。

鎖骨上のミディアムヘアを乾かすのに、当たり前だが一時間はかからない。そのあとは歯を磨いたりフェイスマッサージをしてみたり、それでも時間が余ったときには携帯に手を伸ばす。

ドラマは好きだが、ただそれだけに集中することが苦手というか、見ているあいだ他に何もしないのは何かもったいないような気がしてしまう。いわゆるながら見タイプなのだ。貧乏性ともいう。

手始めに、就職してからあまり頻繁《ひんぱん》に見なくなったSNSを開く。

以前はそれなりに活用していたのに、近頃は取り立ててアップすべきこともないように思えたり、誰かから反応があっても忙しくてすぐに返信できないかもしれないと思ったりで、更新するのも億劫《おっくう》になりつつあった。

ドラマの台詞《せりふ》を耳で聞きながら、繋《つな》がっている友人たちの投稿をどこか義務感のようなもので流し見る。すると、楽しそうな飲み会の様子が目に入った。

「一昨日か……」

誘われたところで、どうせ行けなかった。

このところずっとそうだ。営業職だけあって忙しく、仕事柄夜も遅くなりがちで、おまけにお酒自体が苦手。だから飲み会の連絡があっても断ってばかりだった。

けれど勝手なもので、誘われなかったと知ればこうして傷ついたような気持ちになるのだから、感情というのは厄介だ。

こうやって疎遠になっていくのだな……と落ち込み悲しくなる一方で、その感情すら、諦《あきら》めで包《くる》んでしまえば、どこか生温かい安堵のようなものが膜を張る。

そのくらい疲れている。当然、恋人を作る暇もない。暇さえあれば作れるのかというのは、また別な話ではあるが。

指先でアプリを弾いて画面から追い出すと、ＰＣに目を戻した。

社会人になって愛菜のような同期に恵まれた一方、学生時代の友人たちとの繋がりが日に日に薄れ、頼りなくなっていく気がする。

会わなくなったからといって、友達でなくなるわけではないが……親密さを維持するためには、自分から働きかける努力が必要だということを実感しはじめていた。

ドラマの親友みたいに夜中に駆けつけまでしてくれなくても、いつでも気兼ねなく会いに行けて、どんな話でもできる存在がいてくれたらいいのに――浮かんだ考えに、我ながら首を傾《かし》げた。

結果としてそんな関係を許し合える友人がいたなら、それは素晴らしいことだけれど。

初めからそんな、自分にばかり都合のいい相手を求めているとしたら……相手にとって、自分は友人とはいえないのかもしれない。

「わたし……寂しいのかな」

一人きりのワンルームで、ぽつりとこぼした。

孤独なんて呼べるほどの、大げさなものじゃない。

特別恵まれているとも思わないけれど不幸だとも思っていないのに、このどこか満たされないような、漠然とした渇きのようなものは何だろう。

喉《のど》の渇きのような、命に関わる切実なものでないにしろ。肌をかさつかせ、ひりつくような渇きが、じわじわと自分を苛《さいな》んでいる。

けどこういうのはきっと、よくあることなのだ。

慣れない仕事に気疲れしているだけ、普通に生きていれば当たり前に積み重なっていく日々のちょっとしたストレスを、うまく洗い落とせていないだけ。

『聞いてよマスター！　今日はホントひどい目に遭《あ》ったの……』

ドラマのヒロインが、馴染みのバーで『いつもの』を呷《あお》りながら言い募っている。カウンターに立つ渋いバーテンダーは彼女の話にうんうんと顎《あご》を揺らし、酔っぱらったヒロインを叱咤《しった》しつつ、最終的には母のようにやさしく慰めてくれていた。

こういうのでもいいな、と思った。むしろこういうのがいい。

夜中でも、いつでも自分の都合のいいときだけ押しかけても当たり前に迎えてくれる、行きつけのバー。こんな場所がわたしにもあったらいいのに。

なんて、何を考えてるんだか……とミチルは一人自嘲《じちょう》した。

お酒が飲めないわたしは、バーの客にはなれない。こんな体質で、取引先としても満足にやれるか心配しているところだというのに。

『うわ、また酔っぱらってんのかよ』

当時人気だったイケメン俳優が画面に現れた。この男とヒロインがくっつくことは、サムネイルを見ただけで知っていた。

可愛《かわい》く酔い潰れたヒロイン女優はほどよくしどけなく、ほどよく饒舌《じょうぜつ》になって、相手役の心に恋の種を落とす。

ミチルも素敵な男性の前でこんな都合のいい酔い方をしてみたいと思うけれど、現実ではその後《のち》女として見られるのは不可能なレベルの醜態《しゅうたい》を晒《さら》し、どんなフラグも木っ端微塵《こっぱみじん》に粉砕してしまうだろう。

けどそこがいい。

だったらいいなが詰まってる。だからこういうドラマが好きなのだ。


翌日ミチルは、営業所で思いがけない人物と鉢合わせた。

「えっ、高木さん？　どうしてここに」

「酒匂さん、また会えたね。今日は一課と量販店向けの企画で打ち合わせに来てたんだ」

ミチルの所属する二課は小規模の飲食店が相手だが、一課は大手の小売店やホテルなどを担当しているので取引の規模が大きく、本社と連携して企画を立てることも多い。

「あの日ほんとにつらそうだったから、心配してたんだよ。元気な顔が見られてよかった」

「その節はすみません。この通り、もうピンピンしてます」

「うん、本当によかった。けど営業なら基本車移動だよね？　あ、乗り物酔いする人でも自分で運転するのは平気な人多いっていうけど、そっちのタイプ？」

「ああ、いえ実は乗り物酔いじゃなくて……」

そうだ、自分もお酒が苦手なのに酒販担当という事実を明かして、かつて同じジレンマを抱えていたであろうこの人と情報共有したいと思っていたのだった。それにしてもこんなに早く偶然再会できるなんて、まるでドラマみたいな展開だ。

「あ、ごめん。これから会議だから、もう行かないと」

「あ、はい……」

そんなにうまくはいかないか。

これが現実だよな……と心を凪《なぎ》にしていると、高木が腰を屈め、耳元で言った。

「あとでゆっくり話そう。今日ここ終わったら直帰だからさ、何か食べて帰らない？」

「え？　あ、でもわたしこれから夜間営業のお店回るんで、結構遅くなっちゃうと思うんですけど……」

「了解。こっちも今から会議だから遅くなると思うけど、先に終わったら駅前で時間潰してるから。そっち終わったら連絡ちょうだい」

待ってるね、と片手を上げて高木は会議室へ向かっていった。

……やっぱり、ドラマが起こるかもしれない。

外回りは営業車での移動が基本だが、この日は敢えてそうしなかった。ミチルも直帰にしてできるだけ高木を待たせないようにと考えたのもあるが、訪問先が駅前の繁華街に集中しているため駐車できる場所が少なく、車がかえって邪魔になるのも大きな理由だ。

パンプスの靴音が夜道に高く響く。駅から続く舗装タイルを踏み鳴らしながら、ミチルは沿道に目を遣《や》った。こうして暗くなってから歩いてみると、普段は気づかなかった街の表情が見えてくる。

このあたりがちょっとした歓楽街なのは知っていたものの、陽《ひ》に照らされた日中は人通りも少なく、歩道が綺麗《きれい》に整備されていることもあって、こざっぱりした印象だった。

しかし昼の眠りから覚めた今では、仕事帰りのサラリーマンや派手な恰好《かっこう》の男女、客引きまでが通りに溢《あふ》れ、猥雑《わいざつ》な素顔を晒している。

雑居ビルの立ち並ぶ通り。明かりが灯《とも》ったネオン看板はスナックやクラブ、キャバクラにガールズバー……やっぱりこういうお店多いなあ、と眺めているうちに、お、と足が止まった。

間口が異様に狭い五階建てビルの入り口付近に、洒落《しゃれ》た立て看板があった。

アンティーク調のアイアンイーゼルに、絵画のような額縁のボードが載っている。店名らしき横文字に添えられているのは、直角が連続したギザギザの線に、斜め下を向いた矢印と〈B1〉の文字。ここから階段を下りた、地下一階に店があるということらしい。

シックな喫茶店かへアサロン、あるいは――――バーのような雰囲気だ。

上から覗き込んでみると、地下へ下りる階段の突き当たりに入り口が見えた。

壁から突き出たガス燈《とう》のような形をしたランプが、穴ぐらの底に暖かい光を滲《にじ》ませている。仄《ほの》かに照らし出された木製のドアは上質な無垢《むく》材のようで、深い色味の中にも木目が美しく、大げさな装飾はなくとも、佇《たたず》まいから店の気品のようなものが伝わってくる。

ミチルはどこか、妙に惹《ひ》きつけられるものを感じていた。

いかにも隠れ家的といった——簡単には人を寄せつけず、それでいて一歩中に入ってしまえば包み込むように受け容《い》れてくれて、外界から身を守ってくれるような——そんな雰囲気のせいだろうか。

あの扉の向こうにある、秘密めいた空間を覗いてみたくなる。

下りてみようかと動かしかけた足を止め、ミチルはもう一度ボードによく目を凝《こ》らした。するとと、書体が凝っているせいでぱっと見では読めなかったが、よくよく見ればそこに書かれている文字列に覚えがある気がした。

〈 Mocktails Bar　SOBER CURIOUS 〉

そうだ、この店名——引き継ぎリストに入っていた、唯一まだ行ったことのない店。例の、儲けにならない厄介なバーの名前だ。

モックテイルズ・バー、ソバー・キュリアス……と読むのだろうか。

モックテイルズとは何だろう。何かしらの一般名詞で、ダイニング・バー、ワイン・バー、ダーツ・バーのような分類の一種なのだろうが。ソバー・キュリアスも耳馴染みがないが、店名は単なる固有名詞だったり造語のケースも多いので、いちいち考えないようにしている。

「へー……、雰囲気はよさそうじゃん……」

ちょっと思ってた感じとは違うな……と、まじまじ下を覗き込む。

どうしよう、せっかくだしこのまま入って挨拶をしていくべきか。けど偏屈な経営者のようだし、こんな、いきなりというのは何というか心の準備が……。

「うーん、それに今日は高木さんも待ってるしなぁ……ってぅぉっとぉ！」

引き返すべきかと逡巡《しゅんじゅん》しつつ後ろを振り返ったミチルは、壁にぶつかりそうになって思わず声を漏《も》らした。

何で壁？　さっきまでは——と考える前に気がつく。壁じゃない、人だ。だって壁は服を着ない。

眼前を塞いでいるのは、チャコールグレーのシャツに包まれた胸板だった。その少し下、高い位置にある腰からは、ブラックデニムの脚《あし》がすらりと伸びている。黒ずくめの身体から視線を上に向けると——若い男が、無言でミチルを見下ろしていた。

「え……」

実際にはボサボサの黒髪が顔の上半分を覆《おお》っていて目元は見えないが、それでもこんなふうに黙ったまま高い位置から見下ろされていると、睨《ね》めつけられているような威圧感を覚える。

「あ……す、すみません」

自分が邪魔で通れなかったのだと気づいたミチルは、慌てて背中を壁に張りつけ、場所を空けた。

男は無言のまま俯《うつむ》いてミチルの前を通り過ぎる。狭く薄暗い階段を下りていくにしたがって、夜の保護色をまとった男のシルエットが闇《やみ》に沈み込んでいった。

………「いいえ」とか、「どうも」とか、何か一言くらいあるでしょうよ。

いや入り口塞いでたわたしが悪いんだけど。でも謝ったし、どいてほしかったなら後ろに立ってないで声かけてくれればいいのに。

込み上げる釈然としない思いを呑《の》み込みつつ、ミチルは男の背中がドアの向こうに消えるのを見届けた。

うん、やっぱりここは最後にしよう。

先輩も時間のあるときでいいと言っていたし、客層もあんまりよくなさそうだし……経営者が偏屈だと、お客も変な人が集まるんだろうか。

とにかく今入っていったら、あの不気味な男とまた顔を合わせてしまう。

ミチルは踵《きびす》を返し、夜の街を足早に歩きだした。

多少の緊張はあったものの、やはりすでに通い慣れた店ばかりとあって、挨拶回りは順調だった。

　そうしてミチルが最後に訪ねたのは、昔ながらのオーセンティック《正統派》・バー、『木暮《こぐれ》』。

　少し前に高木からもう終わったと連絡が入ったので、今日はここを最後に——例の『SOBER CURIOUS』はまた後日にしようと決めていたのだ。

「はいはい。安藤さんから聞いてるよ、これから頼みますね。よろしくどうぞ」

　カウンターだけの小さな店を一人で切り盛りする木暮氏は、ご高齢ながらタキシードをぴしりと着こなし、蝶《ちょう》ネクタイもキマっている小粋なマスターだ。口振りや動作もちゃきちゃきとして、実に小気味いい。

　ここでも問題なく挨拶を済ませて、さあ待ち合わせ場所に急ごうと思ったときだった。

「ああ、ちょっと待って。今日もアレ？　車で来てんの？」

　どうしてそんなことを訊《き》くのだろうと疑問が浮かばないでもなかったが、難しい質問でもないので、考えるより先に返事が口から出ていた。

「いえ、今日は歩いてきました」

「ならよかった。じゃあこれ、飲んでみてよ」

　はい、とグラスを差し出される。

　脚のない寸胴《ずんどう》のタンブラーの底はこっくりと濃い珈琲《コーヒー》色で、ミルクの白が上に重なっている。二色の層の境目は、ごく軽くステア《掻き混ぜ》したことによって大理石のようなマーブル模様を描いていた。

「え……っと、これは……」

これがカフェラテなら映《ば》えるし美味《おい》しそう。けど先ほどの会話から察するに、言うまでもなく、酒だ。酒以外ありえない。

「カルーアミルク。って見りゃわかるか。実は今、若い女の子向けのメニューを考えてるとこでね」

ですよね。コーヒーリキュールをミルクで割った、甘いカフェラテみたいな、けど案外弱くはない、あのカクテルですよね。

仮にも酒を売るにあたり、最低限の知識だけはと一応カクテルの勉強もした。スタンダードに限っても何百種類とあってさすがに全部は覚えきれていないが、有名どころのレシピだけはあらかた記憶している。

「ほら、うちはこの通りウイスキーが中心の古風なバーで、客も昔っからのおじさん連中でしょ？　おじさんってても、あたしにとっちゃあまだまだ坊やみたいなもんだけどね。まあそんなこたぁどうだっていいんだけどさ、とにかくね、あたしの孫が、ってもまだ二十歳《はたち》そこそこのはなたれ小僧なんだけど、そいつがたまに顔出しに来ては、じいちゃんの店は古臭いって、いっちょ前に文句たれやがるんだよ」

「え、そんな、素敵なお店だと思いますけど……」

　たしかに内装もこの店が入っている雑居ビル自体もかなりの年季こそ入っているが、古臭いというよりレトロな雰囲気で、これはこれで味があっていいと思う。長年のファンもついているようだし……。

「学校で経営だかマーケなんちゃらだか勉強してるらしくてね、今時は女性を意識して店づくりしないとだめなんだとか何とかって言うんだよ。酒のことなんか何も知らないガキが生意気にさ。まぁでも、こんなんじゃ彼女も連れてこられないなんて言われちまうとね……改装しろとか、そんな戯言《たわごと》には付き合ってらんないけどさ、何か一つくらい新しいメニューでも加えて、このじいさんだってそう頭は固くなってないってとこを見せてやりたいじゃないの」

「はぁ、なるほど……」

「だからさ、ちょうどあんたみたいな人が担当になってくれたことだし、相談乗ってもらおうかと思って。どうだい、若いお嬢さん方はこういう、何とかミルクとかクリーム何ちゃらとかっていうのが好きでしょう？　あたしの若い頃にはこれが流行《はや》ったもんだけど、今の人にはやっぱり古臭いかねえ」

「え、えっと、それは……どうでしょう……」

「まあ何にしても大事なのは味だからね。とりあえず飲んでみてよ。ほら、ちょうど客もいないしそこ座っていいから、もっと濃い方がいいとか薄い方がいいとか、何でもいいから感想聞かして」

…………何としてでも車で来るべきだった。

どうしよう、とても断れる雰囲気じゃない。というより断っていい話じゃない。

営業にとってはメニューの相談に乗ることも大きな使命の一つであり、注文を受けて配達するだけなら通販の酒問屋と変わらない。これを拒むことは、バレリーナが踊れませんと言うようなものだ。

ミチルはおそるおそる、グラスに手を伸ばした。

いっそ飲めないと言ってしまうか？　そんな考えもよぎるけれど……。

酒を仕入れてくれている人、わけてもバーのように酒そのもので商売している人にとっては、お酒って何か、すごく大切なものなんじゃないか。

木暮さんだって、ここで何十年も一人でお酒を出し続けて、お酒に人生を捧げているようなもののはず。

そんな人を前にして、わたしお酒ダメなんですなんて言える？　わたしはそれで、仕入れ先の担当者として信用してもらえるだろうか。

……ごくり、唾《つば》を飲む。

「いただきます」

グラスの縁をそっと唇にあてると、ミチルは喉を反らした。


……――ガクン、と頭が揺れる衝撃で、はっと目を開けた。一瞬寝ていたようだ。

どうにか平静を装って『木暮』を後にしたものの、ぼーっとして足元も覚束《おぼつか》なくなっていたので、コンビニで酔い覚ましドリンクを買った。店外のベンチで飲みながら少しだけ休憩するつもりが、ついうとうとしてしまったらしい。

のんびりしてる場合じゃない、高木さんが待ってるんだった。今日はもうこんな状態だしドタキャンさせてもらうにしても、一刻も早く連絡を入れて謝らないと。

そう思って携帯を取り出したミチルは愕然《がくぜん》とした。寝ていたのは一瞬じゃない、一時間以上も経《た》っている。

「嘘！　どうしよう……！」

さすがにもう待ってはいないだろうと思いつつ、慌てて電話をかける。

「あっ、高木さんですか？　酒匂です、すみません！」

『うん、終わった？　今どこ？』

「え？　えっと、今は、駅の近くのオンズマートのベンチに……」

『ああ、ベンチのあるオズマね』

「あの、本当にすみません。こんな時間になってしまって……」

『大丈夫だから気にしないで。ほら、俺も前は同業だったたって話したでしょ？　実はちょうどこの辺が担当エリアだったからさ、お世話になったオーナーさんのとことか顔出してたから、全然平気』

「あ……そ、そうだったんですね……」

『うん。じゃあそっち行くから、そこで待ってて』

通話が切れ、ミチルはその場で息をついた。とりあえず怒ってはいないみたいだ。

今日はもう帰った方がいいかと思ったけれど、断るタイミングもなかったし、高木と話したい気持ちもある。

カルーアミルクは何とか飲みきったものの、すぐさま襲ってくる動悸《どうき》に恐怖し、ぐにゃぐにゃと麻痺《まひ》していく感覚に焦りながら「いいですねー」とか恐ろしく意味のないことを言って、逃げるように店を出てきてしまった。アドバイスどころではない。

高木なら同じような経験をしているかもしれない。こんなときどんなふうに対処すればいいのか、できれば助言をもらいたいし、そうでなくとも、このままならない現状を誰かに吐き出さずにはいられなかった。

「てか、何で飲めないんだよ……」

膝に突っ伏すようにうなだれて、口の中で呻《うめ》いた。

こんな名前のくせにどうして。飲めろよ。何で飲めないんだよわたし。お酒さえ飲めればきっと、人生もっと楽《らく》だし楽《たの》しかった。

はっきり言って、お酒なんか嫌いだ。酔う酔わない以前に、もう味自体が好きじゃない。苦味の強いビールはもちろんのこと、甘いカクテルでさえ、薬品が混じったようなアルコールの異物感にどうしても抵抗を感じてしまう。

初めはこれが、大人になる通過儀礼なのだと思っていた。この違和感に堪えて飲み続けているうちに、やがてわたしもお酒を美味しいと感じられるようになる。そのときこそ、大人になったことを実感できるのだと。

けどいくら飲んでみても、まずいものはまずい。

友人たちと距離ができたのもお酒のせいだ。

いつからか、夜に集まるといえばお酒の席ばかり……。皆が乾杯のビールを注文しているのに、一人だけソフトドリンクを頼むのは文字通り水を差してしまいそうな気がして、精一杯でカシスウーロンを頼んでみたりもした。

その一杯すらいつまでも飲み干さないので、グラスから滴《したた》る汗がテーブルに丸くこんもりとした水の跡をつけ、それを吸ってぐしょぐしょになったペーパーナプキンが、いくつも自分の前に溜まっていく。

そうして湿ったテーブルにも、翌日の体調を気にしながら氷が溶けた上澄みをちびちびと舐《な》める自分にも——うんざりしてしまっているのを、もはや誤魔化せなくなっていた。

ただでさえつまらない毎日なのに、こんなふうに自分にとってつまらないものを口にして、これ以上濁《にご》ってしまいたくなかったのかもしれない。

……——ああ、だめだ。思考が僻《ひが》みっぽくなっている。まさに悪酔い。

「あ」

顔を上げると、通りの向こうに高木の姿が見えた。こちらに向かってきているようだが、その隣には見知らぬ女性を伴《ともな》っている。

と、いうよりも……やんわりと断るように片手を上げる高木のジェスチャーや、追い縋《すが》り一方的に捲《まく》し立てているような女の様子を見るに、しつこく絡まれていると見た方が正しいのかもしれない。

何だろうあの人。訝《いぶか》しむミチルの元へと二人が近づいてくるにつれて、女の風貌《ふうぼう》が徐々に克明《こくめい》になってきた。

丹念に巻かれた髪はゴージャスで、夜目にもくっきりと華やかな顔立ちは、メイクだけでなく生まれ持った彫りの深さがあってこそだろう。布面積少なめの花柄ワンピースからはすらりと長い手脚が伸び、はちきれんばかりの胸元が大層羨まし……悩ましい。

ちょっと、いやだいぶ派手だけれど、かなりの美人なのは間違いなかった。匂い立つような妖艶《ようえん》さがここまで漂ってくる……なんて思っているうちに、二人はもうミチルの目の前まで迫っている。

困ったような顔をほっと緩ませて、高木が呼びかけてきた。

「お待たせ、ミチルちゃん」

突然のミチルちゃん呼びに、すぐには反応できなかった。

座ったままぽかんとしていると、高木は隣の女性に気づかれないように目配せを送ってくる。よくわからないけれど、とにかく話を合わせてほしいのだということは読み取れた。

「沙羅《さら》ちゃん、本当にもう勘弁してくれないかな？　ほら、彼女も待ってるし……俺の大切な人なんだ」

「へー、大切な人ねえ……」

沙羅と呼ばれた女は、ベンチの前で腕組みをしてミチルを見下ろしてくる。

「こんばんは。あなた、高木くんの彼女さん？」

思わず目をぱちくりさせるミチルだったが、彼女の背後で高木が手を合わせているのを見れば、求められている対応はわかった。

「あ……は、はい」

「ふーん、そう……」

沙羅は切り替え素早く、にこっと艶笑《えんしょう》を浮かべる。

「突然ごめんなさいね。お邪魔しました」

そう色っぽく首を傾げると、彼女はワンピースの裾《すそ》を翻《ひるがえ》し、颯爽《さっそう》と去っていった。

「え……あ、あの、高木さん？　今のって……」

腰が抜けたようにベンチから立ち上がれないでいるミチルに、高木は苦笑を返した。

「さっき電話で、営業の頃このエリア担当してたって話したでしょ？　その頃の取引先の人に、そこ歩いてたらたまたま会っちゃって。こっちからしたらお客さんだった人だから、邪険にもできなくてさ」

なるほど、色男にはそういう苦労もあるのだろう。それはわかるが……。

「ごめんね、ミチルちゃんを巻き込んじゃって」

「あ、いえ、あ、はは……嘘も方便ですよね……」

その場しのぎの嘘とはいえ、この人とのあいだに一時的でも彼氏彼女という設定が生まれたのだ。少しも意識するなというのは無理な話。偽装恋人とはまさにドラマ、いや漫画か？　そしていつの間にか、呼び方もミチルちゃんで定着しているし。

「おかげで助かったよ。お礼ってわけじゃないけど、今日はご馳走《ちそう》するから。腹減ったでしょ」

行こう、と差し出された手を遠慮がちに取り、ミチルは立ち上がる。もしかしなくても、この雰囲気……と、甘い予感めいたものが胸を掠《かす》めた。

乾いた日々に潤いをもたらすものは、色々ある。

気の合う仲間や、趣味を持つのもいいだろう。仕事だって、自分が熱中できれば生きがいにもなる。

たとえそういうものが一つもなくたって――たった一人、恋人という存在がいてくれたら、きっと毎日が見違える。

「この辺は最近まで出入りしてたから、結構詳しいんだ。いい店知ってるから任せて」

微笑《ほほえ》みかけられて、俯きながら「はい」と答える。二人は夜の街を寄り添うように歩きだした。

「そういえば、高木さんの前の会社って取引先との恋愛禁止だったんですか」

「特にそういう縛りがあったわけじゃないけど……どうして？」

ミチルは少し言い淀《よど》んだものの、結局は疑問の解消を選んだ。

「いや、その……さっきの人とは、どうして付き合わなかったのかなって……」

「は？　何それ。さっきの人って、まさか沙羅ちゃんのこと？」高木は声を上げて笑った。

「あのね、取引先とか関係なくありえないから」

「え、だってすごく綺麗な人でしたよね？　スタイルよくて色っぽくて……」

多少しつこかったかもしれないが、高木に（偽だけれど）彼女がいるのを目の当《ま》たりにしたら、詫《わ》びまで口にしてあっさりと引き下がった。会話らしい会話もしていないが、性格的にも悪い人ではなさそうに見えたのに。

「うーん……まあ、たしかに見た目はね。会話も面白いし、いい子はいい子なんだけどさ。こういう言い方すると偏見みたいに聞こえるかもしれないけど……あ、ちょうどほら、あそこ。あの店の子なんだ。さっきも外で客引きしてたとこに俺が通りかかったもんだから、捕まっちゃってまいったよ」

そう言って指差した先にはネオン看板がいくつも並んでいて、そのうちのどれを指しているのかは定かでないが、それらはどれも、いわゆる接待を伴う飲食店のものだった。

「そうなんですか。この辺こういうお店多いですよね、わたしも今日何軒か挨拶に行ってきました」

「うわぁ、大変だったね。大丈夫？　何か変なことされなかった？」

「いや、そんなことは……でも最後に行ったバーでお酒を出されて、少し困っちゃいました。感想が欲しいって言われたので、頑張って一杯だけ飲みましたけど」

「あーあるよね。こっちは仕事中だってのに、一杯飲んでけとか、正直勘弁してほしいよ。そういうのもあって現場が嫌になったんだよね」

「あ、やっぱりそれで転職したんですか」

けどどうせなら同業他社じゃなく、もう一切お酒と関わりのない企業を選べばよかったのに……どうして桃乃商事《うちの会社》を選んだのだろう。

「んー、まあね……あ、ここ。着いたよ」

案内されるまま小さなビルのエレベーターに乗った。三階で降りると、すぐ目の前に店の入り口があった。中に入ってまず思ったのは――――暗い。

大人の寡黙《かもく》さを表現したかのような黒を基調とした内装の店で、やはり黒のカウンターテーブルに通された。店内にはカウンターの他にテーブル席が大小いくつもあり、そこそこの客入りだ。フロアの中央に置かれた自動演奏のピアノから、彼らの会話を邪魔しない程度にジャズが流れている。

正面の棚にはウイスキーやブランデー、ウォッカなどの壜《びん》が並び、ブラックライトがボトルを青白く浮かび上がらせていた。

「雰囲気いいでしょ。最近のお気に入りなんだ」

「あ、あの、ここって……？　わたしたち、ご飯を食べに行くんでしたよね？」

「あー大丈夫、ここはフードも充実してるショット・バーだから」

――やっぱり、バー！

この期《ご》に及んで、ミチルはまだ何かの間違いである可能性に縋っていた。

「高木さん、飲めないんじゃなかったんですか？　取引先でお酒出されるの嫌だったんですよね？　居酒屋も苦手だって言ってたし」

「え？　ああ……いや、居酒屋の安酒とか、キャバクラの女の子が作る水割りなんかは飲めたもんじゃないけど、こういうちゃんとした店の本物の酒は普通に好きだよ」

眩暈がするのをこらえて、ミチルは言った。

「あ、あの……ごめんなさい。実はわたし、お酒飲めないんです」

明日も朝から仕事なのに、すでに一杯飲んでしまって身体はダメージを負っている。

本当なら一時間でも二時間でも早く帰って寝るべきだとわかっていたけれど、愚痴《ぐち》を聞いてほしかったのと、ついでにちょっといい雰囲気だったから、睡眠時間を削る覚悟でついてきた。

しかし肝臓《かんぞう》を捧げる覚悟まではできていない。

「え、飲めないって嘘でしょ？　その名前で？　しかも酒販だよね？　ていうかさ、さっき一杯飲んできたって言ってなかったっけ」

「あれは、仕事なので仕方なく……」

「仕方なくでも一杯飲めるんだったら、本当は飲める体質なんだよ。あ、でもわかるよ、ビールとか嫌いな女の子多いもんね。ミチルちゃんも苦手意識があるのかもしれないけど、大丈夫だよ。ここのカクテルは美味しいから」

「カクテルでも、お酒全般がちょっと……」

ああ、と高木が訳知り顔で頷《うなず》く。

「ミチルちゃんまだ若いもんね。チェーン居酒屋のインチキカクテルしか飲んだことないんでしょ。本物のバーテンダーが作るカクテルは全然違うよ？　ちゃんとシェイクすればアルコールも口あたりが柔らかくなって飲みやすいから、騙《だま》されたと思って飲んでごらん。今までカクテルだと思ってたのは何だったんだーって、マジで世界変わるから」

いくら口あたりがよくなっても、身体がアルコールを摂取することには変わりないんじや……。

　そう反論するより先に、スーツ姿のバーテンダーが二人の前に立った。

「今日は何から召し上がりますか」

「まずはジントニック。ミチルちゃんは？　俺が選んであげようか」

「あ、いえ、わたしは……」

　座ったハイチェアの下で、ミチルは落ち着きなく足を彷徨《さまよ》わせていた。足元にはフットレストの輪がついているが、土踏まずは届かないし、パンプスのヒールは安定しない。

「最初は軽めで、甘いのがいいよね。いや食事に合わせてさっぱりしたのがいいかな、柑《かん》橘《きつ》系とか……」

「――――あ、あのっ！」

　必死だった。つい大きな声が出て、周りの客がちらちらと視線を向けてくる。

「わたしは……お水でいいです」

　虚を衝《つ》かれたような高木の目に、間違った、と気づいたが後の祭りだった。

「……チェイサーのペリエならございますが、そちらでよろしいですか」

　バーテンダーが眉一つ動かさずに言う。

「あ、ええと……はい……」

肌に感じる空気で、自分がこの場に相応《ふさわ》しくない、恥ずかしい振る舞いをしたのだと思い知った。気まずさが、宙に浮いた爪先からぞわぞわと這《は》い上がってくる。

バーテンダーがその場を離れると、高木は無言でカウンターの奥から灰皿を引き寄せた。

「こういうとこ、嫌だった？」

「いえ、その…………すみません」

声が萎《しぼ》んでしまう。高木は取り出した煙草《たばこ》に火をつけた。

「もう十時回ってるしさ、今からゆっくり食事できるとこっていうと、どうしたってお酒出る店になるよね。それとも深夜営業のファミレスにでも行って、ハンバーグとドリンクバーでも頼めばよかった？　高校生みたいに」

至近距離で放たれる皮肉に、ミチルはただ目を泳がせることしかできない。

ああ、やっちゃった――――わたしのせいで、白けてる。

「……酒匂さんさ」

ふーっと煙が吐き出された。

「もう社会人だよね？　体質的にまったく飲めないとかさ、アレルギーみたいなことだったら仕方ないけど、そうじゃないなら、もうちょっと周りに合わせる努力もした方がいいんじゃない？　それが大人の礼儀《マナー》でしょ」

その後どんな会話を交わしたのかは覚えていない。

出てきた料理はただの炭酸水と同じくらい味気なくて、温かいのか冷たいのかすらよくわからなかった。

エレベーターを降りたところで、高木はミチルの顔も見ずに「気をつけてね」とだけ言って携帯を取り出し、どこかに電話をかけていた。きっと誰かと飲み直す気なのだろう。

一人駅へと向かうミチルの足取りは重かった。

「……はは」

何やってんだか。

こんなことなら飲めばよかった。

もう一杯くらい無理して飲んだところで死ぬわけじゃなし、どうしてそれくらい付き合わなかったのか。

ああまで頑《かたく》なにならなくてもよかったんじゃないか。そうだ、一日くらい身体がつらくなったって、わたしが我慢してさえいれば、今日は二人で笑いながら飲んで食べて、せっかくのいい雰囲気をぶち壊しにすることもなかったのに……。

――――けど、それってわたし楽しいの？


目の縁がじんと重くなって、仰《の》け反《ぞ》るように上を向いた。立ち並ぶ雑居ビルに切り取られた夜空には、滲んだ半月が浮かんでいる。

こんな体質じゃなければ。普通にお酒が飲めて、お酒を楽しめる身体だったら。いじけた考えに、またずぶずぶと足を取られていく。

「っ痛《た》ぁ！　っとと……」

月を見上げたまま歩いていたら、何かを蹴《け》飛ばしてしまった。けたたましい音を立てて歩道に転がったのは、アンティーク調のアイアンイーゼルだ。

「あ……これ、さっきの」

来るときに見た、地下一階の厄介なバー。『SOBER CURIOUS』の看板だった。

イーゼルを拾い起こし、落ちたボードを軽く手で払って元に戻す。直したそれをじっと見つめるミチルは、ある衝動に――俗にヤケクソと呼ばれる感情に――突き動かされていた。

もういっそ、飲んでやろうかな。

ドラマで見る限り、バーテンダーは失敗したり失恋したりした客を慰めてくれるものだし。明日のことなんて知らない、今夜は思いきり酔っぱらって、正体なくしてやろうか。

今のこの、どうしようもない気分が紛《まぎ》れるのなら――酒に溺《おぼ》れてみるのも悪くない。

ごくりと唾を飲み込むと、謎のモックテイルズ・バーへと踏み出した。

穴の底にガス燈風の明かりがわだかまっているだけの、薄暗くて狭い階段だ。闇の中にそうっと足を差し入れるように、一段、もう一段……バクバクと心臓が高鳴る。

しかし半分まで下りたところで立ち止まった。

やっぱり無理だ。バーで酔い潰れるなんて、それこそマナー違反だということくらいミチルでも知っている。

お酒が飲めないわたしは、バーの客にはなれない。

……帰ろう。

そう思ったとき、眼下のドアが開いた。そこから現れた、綺麗な巻き髪の頭――そしてふいに上げた顔を見て、ミチルは硬直したように動けなくなってしまった。

「あら？　あなた……」

人がすれ違うだけの幅もない。階段を塞いで立ち尽くしていたミチルと、上ってきたその人物とが正面で向かい合った。

「さっきの、高木くんの彼女？」

謎のバーから出てきたのは、沙羅と呼ばれたあの女だった。

あのときはミチルがベンチに座っていて下から見上げる恰好だったが、アングルが逆転しても、やはりミチルの目には『いい女』と映った。

華やかであだっぽいだけじゃない、こんなひっそりした地下のバーにも臆《おく》せず一人で出入りできる、大人の女だ。

「どうして一人でここに？　高木くんとデートなんじゃなかったの？」

「あ……ええと……」

言葉に詰まるミチルを、彼女は下から覗き込んでくる。

「ひょっとして、ケンカでもしちゃった？　まさか、私のせいで何か誤解したんじゃ」

「いっ、いえ！　そんなことは……。ケンカというか、何というか……」

この状況を何と説明すればよいのか、ミチルにもわからなかった。それにそもそも彼と恋人同士という前提が嘘なのだから、何を言っても嘘の上塗りになってしまう。

答えあぐねていると、彼女はふーん、と相槌《あいづち》ともつかない声で頷き、「よしわかった」とミチルの手を取った。

「とりあえず入りましょ。中でゆっくり話聞くわ」

「え？　あ、あの……」

「この店に入るのよね？　あなたも飲みに来たんでしょ」

ワンフロア一店舗のペンシルビルで、地下は一階までしかなく、階段はこのバーで行き止まり。ここを下りていた以上、否定するのは無理があった。

「私もまだもう一杯くらいいけるし。いいじゃない、どうせなら一緒に飲みましょうよ」

ぐいぐいと引っ張る力が存外強く、ミチルは転げ落ちそうになりながらあれよあれよと扉の前まで下りてしまった。

「いや、あの、ちょっと、待ってくださ……」

抵抗むなしく、木の扉が開かれる。くぐもった金属の音——ドアベルが鳴り、暖色の明かりが打ち寄せる波のように眼前に溢れ出した。

「いらっしゃいませ」

想像を裏切らない、小さな店だった。

客席は角を丸めたL字型のカウンターと、壁際に二人掛けのテーブルが二つだけ。壁は煉瓦《れんが》で装飾されていて、オイルランプ風のウォールライトが飴《あめ》色の床板にとろけるような光を落とし、卓上にはキャンドルの灯《ひ》が揺らめいている。

窓一つない閉鎖的な空間でありながら、その窮屈さを心地よく感じるような……暖かくも、完全に外界から切り離された小さな別世界だ。

「お忘れ物ですか？」

そう言ってカウンターから出てきた男性は、三十歳前後だろうか。清潔感のあるワイシャツに淡い光沢を持ったグレーのジレ、ネクタイをきちんと締めて、いかにもお洒落なバーの若マスターという風貌だ。品よくかき上げた前髪も柔和な微笑みも、女性ウケのよさそうな優男風のルックスをいっそう引き立てている。

「ううん、そこでばったりお友達に会ったから、戻ってきちゃった。もう一杯だけいただくわ」

「そうでしたか、おかえりなさいませ。お連れさまは初めてのお越しですね。ようこそいらっしゃいました」

「あ、はぁ……」

初めては初めてだけれど、自分は客というわけではない。いや二分前までは客としてここに入ろうとしていたのも事実だが、冷静になって考えたらここは取引先、この店の方がミチルにとってのお客さまなのだった。

「どうぞ、こちらへお掛けくださいませ」

「え、あの、でも……」

いくらいい取引先ではないにしても、出入り業者の立場である自分が、挨拶にも来ないうちにお客さま面《づら》で来店してしまうのはさすがにまずいだろう。

何と切りだしたものか逡巡《しゅんじゅん》しているうちに、彼女はさっさとカウンターの真ん中に腰を下ろしてしまった。座ったまま振り返り、隣の椅子《いす》に手を置いてミチルを促《うなが》してくる。

「どうしたの？　あなたも早く座ったら」

「あ……はあ」

半ば無理矢理この人に引きずり込まれてしまったけれど、お友達になった覚えはないし、一緒に飲むとも言っていない。なのに、どうしたものか……この強引さに抗うことができず、ミチルは結局、言われるがまま席についてしまった。

あーあ、やっちゃったなと思いながら、頭の中では今後の対応を考えていた。

もうこうなったら、最後まで客になりきるしかない。

挨拶は……行っても行かなくてもいいようなことを先輩も言っていたし、注文があっても納品は配送部に任せることもできる。もしバレてひと悶着《もんちゃく》あったとしても、そもそもいらない取引先なのだ。まあ、何とかなる。たぶん。

覚悟を決めると、下を向いてふーっと息をつく。すると、磨き込まれた木のカウンターが鏡のようにミチルの顔を映した。

首をもたげて正面を見れば、カウンターの背後に位置する壁面の酒棚《バックバー》には、百本近くはあろうかというボトルがびっしり並んでいる。ウォッカやジン、テキーラ、ラムといったカクテルには欠かせないスピリッツやバーの代名詞のようなウイスキーなどは少なく、カラフルなボトルが多いのはリキュール重視なのだろうか。

棚の天板から降り注ぐ光の色調は柔らかく、壜の赤や緑、黄色に青が宝石のように鮮やかで、まるで冒険小説で最後に辿り着く金銀財宝の山を眺めているようだった。

「綺麗よね。私もこれを見るのが好きで、ついバーに足が向いちゃうの」

思わず見惚《みと》れていたことに気づいて、ミチルははっとした。

バーなんて、ミチルにとってこの世で最もアウェーな場所だったはずだ。

たまたま仕事として出入りすることにはなってしまったが、客が座って酒を飲むこのカウンターだけは、永遠に縁のない、結界のようにミチルを拒み続ける空間だと思っていたのに……こんなにもすんなりと、居心地のよさを感じている自分に驚いていた。

「ほら、お客さまがいらっしゃいましたよ。早く出てください」

いつの間にか店の奥に引っ込んだ先ほどの店員の声が聞こえてきて、他にもスタッフがいると知れた。席数的にも他に客がいない現状からしても一人で充分回せそうな店だが、贅沢《ぜいたく》にバイトでも雇っているのだろうか。

数秒後、バックヤードがあるのだろうカウンターの奥からのっそりと出てきた人物を見て、ミチルはあっと声を上げそうになった。

さっきの——いやもう何時間も前だが、この店に入っていくところを見た、あの男だ。壁のような長身の若い男が、挨拶もなく無言でカウンターにおしぼりを出してくる。

客じゃなくて、ここの従業員だったのか……。

それにしても驚くべきはそのいでたちである。店の外で見たときとほとんど変わらない、黒ずくめのラフな服装。違いといえばシャツの袖《そで》を捲ったくらいで、相変わらずネクタイも締めていなければ、ボサボサの前髪も完全に目にかかっていて、飲食業としては清潔感に欠けると言わざるを得ない。

マスターはちゃんとしているけど、バイトの教育はなってない店だな……とミチルはつい取引先目線で評価してしまう。

しかしよくよく眺めてみればこの男、だらしない身なりがそれほど気にならないような気がしないでもないような気がしてくるほど、素材がいいのも事実だった。

外で見たときも思ったけれど、腰の位置がやたらと高い、つまり脚が長い。猫背で陰気に見えるのがもったいないが、よく見ると頭も小さく、前髪の下に覗く顎のラインはシャープに削ぎ落とされていて、どうせといったら何だが顔もイケメンなのだろう。

さては、ここはそういう店なのか。さっきのマスターもわかりやすいイケメンだったし、なるほど、酒は二の次でイケメンバーテンダーこそが売り物のバーだとしたら、あれだけ仕入れが少なかったのも頷ける、のか……？

一人考え込んでいるミチルの隣で、沙羅がその男に話しかけた。

「ふふ、ただいまー。帰ったと見せかけてまた戻ってきちゃった。驚いた？」

「……」

まさかのフルシカトである。

しかし沙羅は気を悪くした様子もなく、変わらぬ笑みを浮かべている。

ええ、バーテンダーの接客が売りなんじゃないの……いやもしかしてそういうプレイのお店？　わたしそういうの全然求めてないんですけど。

困惑するミチルを余所《よそ》に、沙羅は色っぽく頬杖《ほおづえ》をついてオーダーを入れた。

「サラトガ・クーラーをお願い」

商品について最低限の勉強はしたつもりだが、もともとまったく嗜まないところへ付け焼き刃で挑むには、酒というジャンルはあまりに広大にして深遠。ミチルが飲み込めた知識など大海の一滴にも過ぎないだろう。今オーダーされたサラトガ・クーラーがいかなるものなのか、ミチルにはわからなかった。

ワイン・クーラーはその名の通りワインベース、ボストン・クーラーはたしかラムベースのカクテルだったはずだけれど……サラトガとは？　見当もつかないが、どことなくアメリカンでクールな響きの、かっこいい名前のカクテルだと思った。

　それと同時に、沙羅の横顔が無性にかっこよく見えた。自分が知らないかっこいいカクテルをさらりと頼む、大人の女。

「あなたは？　注文しないの？」

「あ……わたしも、同じものを」

　またやってしまった。完全に空気に呑まれた。

　名乗っていないとはいえ、こういうバーに酒を納める立場のくせにカクテルの名前もろくに知らない自分が恥ずかしかったし、何を注文していいかわからずまごつく姿を晒したくなかった。

　今しがた別のバーでやらかしたばかりで、トラウマが新鮮すぎるというのもあるが……とどのつまり、見栄を張ったのだ。

「あなたも好きなの？　ここのサラトガ・クーラーは絶品だから、期待していいわよ」

「へ、へえ……それは楽しみ」

　頬を引き攣《つ》らせながら、ミチルは横目でハラハラとカウンターの中を覗き込んでいた。

　いったい何に何を混ぜるつもりなのか、どんな配合なのか。強いカクテルでなければ何とかなるかもしれないが、ウォッカやテキーラでもどぼどぼ注がれたら一大事だ。

先ほどの紳士然としたマスターもカウンターの中に出てきたが、オーダーのサラトガ・クーラーは無愛想な方が作るらしい。正直不安に思ったものの、意外にも手つきはかなり慣れているようだった。

「それで、さっきの続き。高木くんと何があったの？　ケンカよりもっと深刻な感じ？」

なかなか不躾《ぶしつけ》なことを、沙羅は底抜けに明るく訊いてくる。

呆《あき》れ半分戸惑い半分ではあるけれど……こちらも嘘をついて騙していた身。こうも無邪気にされると、何だかもう、何もかもどうでもいいような気がしてくる。

ちょうど誰かに愚痴をこぼしたかったのだ。奇妙な構図ではあるが、他に聞いてくれる相手もいないことだし、もうこの際この人でもいいから話してしまえという気になった。

「さっきまで、別のショット・バーにいたんですけど……明日も仕事があるし、わたしはお酒飲みたくなくて。それで断ろうとしたら失敗して、ちょっと変な空気になっちゃって」

言ってしまってから「だったらなぜ今お前はここで酒を頼んでいるんだ」と我ながらツッコミたくなったが、沙羅もカウンターの中で話を聞いているはずの二人の店員も、口を挟んではこなかった。

「バーでお酒を頼まないなんて失礼なことをして、連れてきてくれた高木さんにも恥をかかせたわたしが悪いんですけど……」

「はぁ？　何それ」

それまでずっと朗《ほが》らかだった沙羅の表情が一変した。

「あなたがお酒に付き合わなかったから、高木がヘソ曲げたってこと？　ありえない！　それで、あいつとは別れたのよね？　まだなら別れるのよ、今すぐ別れなさい！」

突然の剣幕にミチルが目をぱちくりしていると、我に返った沙羅が「やだ、ごめんなさい」と首を竦《すく》めた。

「私はほら、見ればわかると思うけど、お金もらってお酒に付き合う仕事をしてるじゃない？　だから他人がタダで付き合ってくれるのが当たり前だと思ってるようなヤツは許せないのよね。それでつい」

「あ、それは何となくわかります」

思ってもみなかった方向から共感どころか代わりに怒ってくれる人が現れて、ミチルは嘘みたいに心が軽くなるのを感じていた。自分は悪くないと言ってもらえたようで、自己嫌悪の泥沼からあっさりと救い出された気がする。

「……やっぱり、話してよかった」

ほぼ初対面の相手にこんな話をするのもどうかと、躊躇《ためら》いもあったが……思わずこぼしたつぶやきを拾って、沙羅が言う。

「そうでしょう？　生きてたらそりゃ色んなことがあるけど、溜め込むのが一番ダメ。はいい、なすのが人生のデトックスよ。人に話せば、ネガティブな感情も手放せるんだから」

けど、と続ける彼女は少しばつが悪そうに、それでいて愛らしく舌先を覗かせた。

「さすがに彼氏のこと悪く言われるのは、気分よくないわよね。私ったらつい興奮しちゃって、ほんとにごめんなさいね」

「あ……いえ、あの………こっちの方こそごめんなさい！　本当のこと言うと……彼氏じゃないんです。高木さんとは、別に付き合ったりとかしてません。何か、行きがかり上そんなフリをすることに……」

沙羅は面食らっていたが、一瞬寄せた眉をほっと開いた。

「そうだったの。ほんといいかげんなヤツねえ……けど、あなたがあんな男と本当に付き合ってたわけじゃなくてよかったわ」

言葉に含みを感じて、ミチルは沙羅を見返す。その視線に答えるように彼女が続けた。

「……実を言うとね、あなたもあいつに騙されてるんじゃないかと思って、ちょっと気になってたの。でも見ず知らずの人間からいきなり変な話聞かされても警戒するだけだろうし、あいつもあれで本命の子はちゃんと大事にしてるのかもしれないし？　余計なお節介はやめとこうと思ってたんだけど、さっきのあなたの様子見たら、やっぱり声かけずにはいられなくって」

「え……変な話って何ですか。騙されてるって……」

沙羅ははーっとため息を挟む。

「あいつ、出入りの店で女関係のトラブル起こしてたのよ。うちと同じビルに入ってるガールズバーの女の子たちが二股《また》かけられてて、何でか私が仲裁頼まれちゃってね。とっちめてやろうと思ったら、あいつは会社辞めたっていうじゃない？　それきりになってたのが、今日たまたま見かけて……」

ここで会ったが百年目――というところで、何も知らないミチルを盾《たて》にされ、人のいい沙羅は引き下がったというワケだった。

なんて男……。話を聞いたミチルは脱力してしまう。

「だから本当、彼女じゃなかったって聞いて安心したわよ。あなたはちゃんと見る目があるようで何よりね」

見る目は、もしかするとそんなになかったかもしれないけど……結果的には浅い傷にもならないうちに高木の本性が見えてよかったと、ミチルは苦笑した。

「……サラトガ・クーラー」

はっとするほど深い低音。初めて耳に触れたバーテンダーの声は、たった一言でも、この穴ぐらの中でじんわりと沁《し》み入るように響いた。

しかし、その声にうっとりする暇もなく……差し出されたグラスを前に、ミチルの額からは脂汗《あぶら》が噴き出してくる。

しまった。沙羅との会話に気を取られていて、作るところを見逃した。

唾を飲み込み、目の前に置かれた寸胴で細長いコリンズ・グラスを見つめる。

中の液体はほとんど透明に近いが、うっすらとシャンパンのように色味がかっている。

グラスを満たす細かく砕いた氷《クラッシュド・アイス》、その隙間《すきま》で炭酸の細やかな気泡が身を揺すり、飛んだり弾けたりと賑やかだ。

「じゃあ、そうね……私たちの偶然の出会いに乾杯」

沙羅がグラスを軽く掲げ、口へ運ぶ。長い首筋を露《あらわ》に、艶《なま》めかしく咽仏《のどぼとけ》を上下させる飲みっぷりの何と様になることか。

「か、乾杯……」

ミチルはおそるおそる、グラスを持ち上げた。

強い酒か、否か——口元に近づけてみると、アルコールのつんとした刺激臭は感じられず、代わりにライムの青く新鮮な芳香が鼻先をくすぐった。食欲をそそるようないい香りで、これがお酒じゃなければ最高だったな、などとこの期に及んで考えてしまう。

こうなりゃ意地だ。どうせそのつもりだったのだ、ヤケクソだ。酒だろうが何だろうが、今夜は飲んでやる。この一杯だけでも飲んでしまえば恰好もつく！

迷いを振り切るように、ぐい、とグラスを呷った。

口の中にきりりとした冷たさと、炭酸の刺激が広がる。それを喉に押し込めば、爽《さわ》やかな柑橘の香りが鼻に抜けた。かすかに生姜《しょうが》のようなピリッとした辛みや、やさしい酸味、果皮《かひ》の苦味のようなものも感じるけれど――――甘い。

アルコールの舌にまとわりつくような苦味、喉を焼く熱や、何より苦手な、あの消毒液を飲んでいるような違和感――そしてそれらに対するミチル自身の抵抗感のようなものが、まるでない。

ミチルにとって飲酒とは、こういう異物も体内に摂《と》り込んでいかないと大人になれないのだと、どこか諦めにも似た感情を飲み込んでゆく作業だった。

けれど……これは甘く、爽やかな香りをいっぱいに弾けさせて、さらさらと清流のようにミチルの喉を潤すのだった。

美味しい。

緊張していたせいだろうか、一口飲んで初めて、喉がこんなに渇いていたのに気がついた。砂漠の砂が水を吸うように、一瞬で身体に染み込んでゆく。喉が動いて止まらない。全身が欲するままに、ごくごくと。グラスがどんどん上に傾いていく。

「――――っはぁ……」

気がつくと、もう氷しか残っていなかった。名残《なごり》惜しさに恋々と唇からグラスを離す。

「やだ、イッキしちゃったの？」

沙羅もカウンターに立つ二人の店員も、呆気《あっけ》に取られてミチルを見ていた。しかし当のミチルはそれどころじゃない。この衝撃に、もう見栄も体裁もどうでもよくなっていた。

「何これ……美味しい。これ、すっごく美味しいです！」

あまりの勢いに噛《か》みつかれるとでも思ったのか、真正面のバーテンダーはびくりとして、俯きながら「……どうも」と照れくさそうにつぶやいた。

「こんなの飲んだことない……似たようなカクテルは飲んだことあるような気がするけど、でも違う。これは本当に美味しい。まるでお酒の味がしない……」

惚《ほう》けたように言うミチルに、沙羅が噴き出す。

「お酒の味がしないって、そんなの当たり前じゃない。お酒入ってないいんだから」

えっ、と目を瞠《みは》ったミチルは、笑い転げる沙羅から、たった今飲み干したグラス、そしてそれを作った張本人へと順に目を向けた。視線に気づいたバーテンダーは、絞り出すように言う。

「……モスコー・ミュール……」

「あっ、それ！　そうだそのモスコー・ミュールに似てると思ったんです！　どこの居酒屋にもある一軍メジャーカクテル。味はすっきりして飲みやすい方だけど、意外と強かった記憶が……」

そこでちゃんとしている方の店員が、にこにこと説明を始めた。

「モスコー・ミュールはウォッカとジンジャーエール、またはジンジャービアにライム果汁を加えたカクテルですが、サラトガ・クーラーの基本レシピはライムジュースとジンジャーエールです。材料だけをご覧になれば、モスコー・ミュールのウォッカ抜き……ノンアルコール版モスコー・ミュールのようなものですね」

「ノンアルコール版モスコー・ミュール？」

そんな最高な飲み物があるなんて……！　胃の底から感動が湧き上がってくる。

「あれ？　でも、それじゃ今のって、ライムジュースとジンジャーエールを混ぜただけってことですよね？　それにしては味がこう、複雑な感じがして、ただのジュースを飲んでる感じじゃなかったですけど……本当にお酒一滴も入ってません？」

作ったバーテンダーを疑いの目で覗き込むと、彼はボサボサの頭をさらに乱して首を振った。腕はいいようだが接客に問題のありすぎる部下を見かねたのか、すかさず上司のフォローが入る。

「ノンアルコール・カクテルでも香りづけにほんの少しブランデーやリキュールを垂らす場合はありますが、当店のサラトガ・クーラーには一切入っておりません。ですが味の立体感を出すために、自家製のライムジュースとジンジャーエールだけでなく、生姜のすりおろしを使ったり、仕上げに薄く削いだライムの皮をグラスの外側から軽く絞っています。ピールというテクニックなのですが、果汁を搾《しぼ》りかけるのではなく、果皮に含まれるオイルを霧状に飛ばして、飲み口の周りに香気成分をまとわせるんです」

「それであんなにいい香りが……」

まじまじとグラスを見つめていると、沙羅が肩を寄せてきた。

「カクテルは氷の形や混ぜ方一つで味が変わるとっても繊細なものだけど、お酒を使わずに味に深みを出すのってすごく難しいのよ。けどここのはノンアルでも物足りなさを感じないだけじゃなくて、何ていうか、身体に効くのよね。ジュースやジンジャーエールだけでなくシュガーシロップまで自家製で、おまけに季節によって処方を変えたりまでしてるんだから。ね？」

ふたたび水を向けられたバーテンダーは、少しだけ顔を上げて頷いた。そしてまた、横から通訳か解説者のような説明が入る。

「生姜は乾燥させると身体を内側から温めてくれるショウガオールという成分が増えますので、寒い時期には乾燥生姜を、逆に夏場は解熱作用のあるジンゲロールが豊富な生の生姜を使っております」

　ミチルは思わずため息をついた。なるほど、身体に効くというのは、あながち大げさではないのかもしれない。

　たしかにこれは、ただのジュースとはまるで違っていた。

　本物のカクテルのような……いや、本物以上に贅沢な一杯だと、ミチルには思えた。こんなドリンクならお酒の代わりといわず、これを目的に飲みに来たくなってしまいそうだ。

「モスコー・ミュールのノンアル版か……」

「レシピだけ見ればそうなりますが、カクテルとしては別個のものでございます。モスコー・ミュールは直訳すると『モスクワのラバ』、ウォッカがラバのキックくらい効くという意味ですが、サラトガ・クーラーはニューヨーク州のサラトガという地名に由来しています。天然の発泡水や癒《いや》しの鉱水が湧き出る泉の町です。サラトガ・クーラーと同じレシピでも、銅のマグカップに入れてヴァージン・モスコーミュールの名前で出している店もありますよ。ヴァージンというのがノンアルコールを意味するんです」

なるほど。サラトガ・クーラーの由来や実態も興味深いが――

「ヴァージンがノンアルコールの意味ってことは、じゃあ、お酒の席で酔いたくないときは、頭にヴァージンがついてるカクテルを頼めばいいってことですね！」

下戸のミチルにとって、こんな耳よりな話はない。ライフハックを得たりとばかりに両手を合わせると、解説者はにこやかに首肯しながらも注意を付け加えた。

「ただし、ヴァージン・ロードというラムベースのアルコールカクテルも存在します。結婚式をイメージしたものですね。それからサラトガ・クーラーとは別に、サラトガという、ブランデーのストレートに近いかなり強いカクテルもありますのでお気をつけください」

何だその罠は。ヴァージン・ロードはまあわかるが、サラトガはひどい。うっかりクーラーを省略したら大変じゃないか。

「バーでご注文なさるときには、名前だけを頼りにせず、お酒が苦手なことや今日は酔いたくないということをバーテンダーに伝えていただくのが安心ですね。普通のカクテルでも強さや味を調整できますし」

バーでお酒が苦手だと言ったり、色々相談するのは恥ずかしいことじゃないんだ……飲めなくても、飲めないからこそ、バーテンダーを頼っていい。

それはミチルにとって大きな救いで、バーがぐっと身近になったように感じられた。

「もちろん当店でモクテルをオーダーされる場合も、お好みでアレンジ可能ですので遠慮なく仰《おっしゃ》ってくださいね。その日に入った素材や、お客さまの気分や体調によってオリジナルのモクテルをお作りすることもできますので」

「モクテル？」

聞いたことがあるようなないような……また出てきた自分の語彙《ごい》に定着していない単語を、ミチルは繰り返す。

「やだ、あなたモクテルの意味も知らずにここに入ろうとしてたの？」

そう言う沙羅は決してミチルを馬鹿《ばか》にしているわけではなく、カウンターの内側、無愛想なバーテンダーへと矛先《ほこ》を向けていた。

「ほらね、だから言ってるじゃない。あの看板じゃここがどんな店なのかぴんとこないわよ、知らずに入ってくる人がいるのも当たり前だわ。お洒落だけど情報量が足りてないの」

そう詰められた彼は、ふいっと顔を背けた。

客の言うことを全力で無視していく接客スタイルと、それを咎《とが》めもしないマスター。やはり敢えてのキャラ付けなのか、そうでなければここは無法地帯、それともマスターはバイトに弱みでも握られているのか。

それはさておき、ミチルが気になるのはそのモクテルとやらである。ここがいったいど、んな店だというのか……疑問の答えは、ほどなく返ってきた。

「モクテルというのは、イギリスのバーで生まれたといわれる造語です。cocktail《カクテル》に『見せかけの』という意味のmock《モック》をかけて、モクテル。見せかけのカクテル――ノンアルコール・カクテルのことなんですよ」

モックとカクテルで、モクテル――あっ、と声を漏らす。あの看板の文字が脳裏に浮かんでいた。

《 Mocktails Bar 》

そうか、あれはモクテル。モクテル・バーと書いてあったのだ。

「と、いうことは……ここは普通のバーじゃなくて」

「はい。主にモクテルをお出しする、ノンアルコールがメインのバーでございます」

……ぷしゅ、と炭酸のボトルを開けたように気が抜けた。

あんなに身構えていたのは何だったのかという徒労感もないではないが、そんなものを凌《しの》いで余りある、安堵のようなものが込み上げていた。

あるじゃん。わたしが入れるバー。

わたしみたいな人間を歓迎してくれる、わたしのためにあるような、こんな……。

「なんだ……お酒、飲めなくていいんだ」

張りつめていたものが緩むと同時に身体の力も抜けてしまい、へなへなとカウンターに凭れかかる。

これまでずっと、〝飲めない〟ことがミチルの枷《かせ》になっていた。

お酒が飲めて一人前のような風潮に――――いや、自分自身の中にあった決めつけからこじらせた感情に、足を取られていた。

「わたし……ずっと、飲めないことに引け目を感じてたんです」

ぽろりと本音が口からこぼれる。

「わたしもみんなと同じように、普通に飲めるようになりたかった……周りのノリを壊さないように、わたしも『とりあえずビール』で乾杯して、ぐーって飲んで、ぷはーって、生き返るー！　とか言ってみたかった」

酒は一滴も飲んでいないはずなのに、不思議と酔ったかのように口が滑らかになっていく。

「けど飲むと次の日がつらいし、お酒飲んでると、すぐに心臓が、どっどっどって、脈が速くなって、このままいったら理性失っちゃうんじゃないかって怖くなってきて。そういうの乗り越えたら、わたしも飲めるようになるんだろうって思うけど……」

「……ていい」

ぼそりとカウンター越しに聞こえた声に、顔を上げる。

「別に……乗り越えなくて、いいのに……」

その素っ気ない、たった一言が、驚くほどにミチルの心に沁み入ってきた。

胸の奥が震えてしまい、声も出てこない。それを彼は言葉足らずで伝わっていないと見たのか、がしがしと頭を掻《か》きながら小さく呻いて、助けを求めるように隣を見た。やれやれといった様子で、ふたたび通訳が入る。

「人がお酒を飲むのは、酔うためです。酔うのは、心を解放するため。自分にとってお酒が心を解放してくれるものでないのなら、飲む必要はありません。もちろんそれを誰に恥じる必要もないですし、飲めないからといって、何かを諦める必要もありません。お酒が好きでなくとも、人と飲むのがお好きなら、お酒でないものをお召しになればよろしいのです。夜遅く寄り道をしたいとき、誰かに話を聞いてほしいとき、お酒を飲む方と同じようにバーに入っていらしてください。少なくとも、ここはそういう店ですから」

ぽろぽろと、絡みついていた鎖が砂塵《さじん》のように朽ちて崩れ落ちてゆく。

ミチルはもう一度、ゆっくりとこの店の隅々《すみずみ》にまで視線を巡らせた。

微笑むマスターの顔から、宝の山のように煌《きら》めくボトル、ぴかぴかのカウンター。その上で小さな炎を揺らめかせるキャンドル、オイルランプ風の照明、煉瓦の壁。

ずっと、こういう場所が欲しかった。

聞けば誰もが同情してくれるような、深刻な悩みじゃない。日々のちょっとした鬱憤《うっぷん》や些細な出来事を、仕事帰りにちょっと立ち寄ってこぼせるところ。

あらたまった相談じゃなくても、こんなふうに、自分へのご褒美みたいな一杯の贅沢を片手に、その日一日で胸に溜まったものを置いて帰れるような場所。

今日のようにどうしようもない気分になった夜、避難所みたいに駆け込める場所。

逆のときだってそうだ。嬉《うれ》しいことや楽しいことがあって、家に帰ってしまうのがもったいないような、まだ今日を終わらせたくないと思う夜――幸せな日を、ほんの少しだけ延長できる場所。

そんな場所があったらいいのにと思っていた。

「……あの」

すんと洟《はな》をすすって、ミチルは言った。

「もう一杯、ください。何か……他のモクテルも飲んでみたいです」

「かしこまりました。お好みはございますか」

モクテルのことなんて何も知らない。けどこのバーなら、素直な思いを伝えてみれば、きっと自分に必要なものを作ってくれる。そんな安心感があった。

それに……たとえ思っていたのと全然違うものが出てきたとしても、それはそれで面白いじゃないか。

「うーん、とりあえず……さっきは炭酸一気飲みして、ちょっと胃がガスっぽくなっちゃったんで、今度は炭酸じゃないのがいいです」

沙羅がくすくす笑って自分のサラトガ・クーラーを傾ける。彼女のグラスはまだ半分ほどしか減っていない。

「よっぽど喉が渇いてたのね。ロング・ドリンクなのにイッキしちゃうなんて」

ロング・ドリンクは勉強したぞと、頭の中のノートを捲《めく》る。

ショート・ドリンクというのが氷の入っていない、時間が経つとぬるくなってしまうから早めに——遅くとも十分以内には飲み干すカクテルで、その反対に氷入りやホットなど、ゆっくり飲んでいいのがロング・ドリンクだ。

「えっと、じゃあ、次はまた思わず一気飲みしてもいいように、ショート・ドリンクにしてください」

「……別に、イッキでも何でも好きにすればいいのに……」

正面の男がぼそりと言うのに、横からゴホン、と咳《せき》払いが被さる。

「作り手としましては、ロングでも美味しさのあまり一気飲みしてしまったと仰っていただけるのならこれほど光栄なことはございません。お酒と違って一気に飲んだら危険というものでもありませんし、あまりこだわらずにご自身のペースで楽しんでいただければと存じますが、ショート・ドリンクということでオーダー承《うけたまわ》ります」

「はい、じゃあ遠慮なく好きに飲みます！　あ、それからもうちょっと注文つけてもいいですか」

「はい。何なりと」

「お店のオリジナルモクテルも気になるんですけど、モクテル初心者なので、本日は勉強させていただきたく……サラトガ・クーラーみたいに一般的なノンアルコール・カクテルが他にもあれば試してみたいです。あとできたら、バーで頼めば出てくるけど、一緒にいる人がモクテルに詳しくなければ普通のカクテルだと思っちゃうようなのがあったら最高なんですけど」

そうですね……とつぶやく相手の目は、横で俯いているバイトの方を見ている。やっぱり作るのはこっちなのか。

しばらく首を捻《ひね》っていたボサボサ頭は、ふと何か閃《ひらめ》いたらしく、突如スイッチが入ったようにきびきびと動き出した。

まずはクリスタルの美術館のようにグラスが並んだ棚から、一つを選び取った。逆三角形に脚の付いている、横から見るとYの字に似た典型的なカクテル・グラスだ。

　それから軽く屈んで、フルーツの入った籠《かご》を取り出す。カウンターの内側は少し低いシンクと調理台になっていて、その下に棚や冷蔵庫などもあるようだ。

「何だか珍しく楽しそうね。どこにでもあるスタンダード・ドリンクっていうと限られるし有名なのは名前だけでノンアルってわかる人も多いから、結構難しいオーダーだと思うけど。いったい何を作るつもりかしら」

　楽しそう……なのだろうか。彼女がここの常連なのは察していたが、表情も見えないこの男の情緒をも読み取れるレベルとは半端じゃない。

「あの、沙羅さん……でいいんですよね」

「うん？　ああ、そういえばちゃんと名乗ってなかったわね。あらためまして沙羅です、本名じゃないけど。沙羅さんなんて呼ばれると老けた気がしちゃうから、沙羅ちゃんて呼んでくれると嬉しいわ」

「あ、はぁ……さ、沙羅ちゃん？」

　満足気に微笑む沙羅の目に促され、ミチルははっとして言った。

「あ、わたしは……ミチル、です」

「ミチルちゃんね。ま、私もさっき高木が呼んでるの聞いてたんだけど」

初対面で下の名前を名乗るのも、明らかに年上の相手をちゃん付けで呼ぶのも、ミチルにとっては異例のことだった。こんな距離感の取り方は慣れないが、嫌ではない。

「えっとそれで、沙羅ちゃん……も、お酒飲めないいんですか？　でも夜のお仕事なんですよね？」

お酒を出すだけならともかく、お酒に付き合う仕事だとさっき本人も言っていたはずだ。

「ザルとは言わないけど、さすがに飲めないってことはないわよ。何も下戸だけがモクテルを嗜むわけじゃないの。仕事でさんざん飲んだ後に、またプライベートでまでお酒飲みたくないじゃない？　深酒は美容にもよくないし。けど息抜きは必要でしょ」

「ああ、なるほど。それはたしかに」

黙々と手を動かし続けるバーテンダーの横で、何をするでもなくのんびりと立っているマスターが二人の会話に加わってきた。

「何軒かハシゴした後に、お酒の余韻《よいん》を壊さないような酔い覚ましの一杯をと来られる方もいらっしゃいますよ。ちなみにご希望があれば、当店でもお一人さま一杯だけならアルコールドリンクをお出ししております」

「えっ、そうなんですか？　お酒は絶対に出さない、呑兵衛お断りのお店なのかと……」

そういえば、たしかに酒棚《バックバー》には本物のウォッカやジンのボトルも並んでいる。そうだ、少ないながらも一応酒類を仕入れているんだった。

　サラトガ・クーラーのクオリティからしてノンアルコールに並々ならぬこだわりのある店だと感じていたミチルは、勝手に裏切られたような気持ちになった。

　モクテル専門店かと思ったのに……どこか残念なような、あたしだけだと思ってたのに他の女にもいい顔してたのね、みたいな微妙な気持ちがうっすら立ち込めてくる。

「お酒を嗜む方も、そうでない方も、一緒に楽しく飲めることがオーナーの理想ですから」

　その台詞にはっとした。

　ミチルはお酒が苦手なだけで、お酒を好きな人が嫌いなわけではない。飲める人と飲めない自分とのあいだを、お酒が隔ててしまうことが嫌だったのに。

　そう気づいたとき、ミチルにはまた一つ、このバーに来る理由が増えた。

　誰かと一緒に飲みたいとき。

　ここでなら、飲めない自分も、飲みたい誰かとグラスを交わすことができる。

「ただし、お酒をお召しかどうかにかかわらず……」

　その続きは、目の前の無愛想バーテンダーが低い声で引き取った。

「……ヨッパライはおことわり」

　果物ナイフを手にしているせいか、どことなく物騒に聞こえる……ヨッパライの定義を詳しく聞きたいような気もしたが、ミチルにその勇気はなかった。

「わ、美味しそう」

ぶるっと身震いしたのも束の間、ミチルは調理台の光景に目を奪われた。

硬い果皮に守られたオレンジとレモンがすっと半分に断ち切られ、みずみずしい果肉の断面を現す。柑橘の爽やかな香りがふわりと舞ったかと思うと、今度はパイナップルが見事なナイフ捌《さば》きで角切りに姿を変えていった。

「オレンジやレモンといえばビタミンCやクエン酸が豊富で疲労回復にいいイメージがありますが、パイナップルもビタミンB_1など多くのビタミンや酵素《こうそ》、さらには酵素の働きを助けるマンガンを多く含んでいて、糖質の代謝をアップしてくれるといわれているんですよ」

健康番組のナレーションのような解説が入る中、カットされたオレンジとレモンはスクイーザーで、パイナップルは金属製のハンドジューサーで搾られる。

「そういえば、パイナップルもダイエットにいいっていうわよね。今夜はさすがにこれ以上飲めないけど、次来たときは私もいただこうかしら」

スタイル抜群なのに、これ以上綺麗になってどうする気だろう……などと思っているうちに、オレンジ、レモン、パイナップルのフレッシュジュースが出来上がった。

おそらくこれらを混ぜてモクテルを作ってくれるのだろう。疲れが取れて、おまけにグラス一杯分だけでも綺麗になれるかもと思えば、俄然《がぜん》ミチルの気持ちも高まってくる。ただ美味しい物を味わうだけでも楽しいことだけれど、身体にいいものを口にしているという実感は、より自分を幸せにしてあげているような気分になれるのだと知った。

「ねえ。この三つを使ったモクテルって、あれよね?」

もはや当たり前のように沙羅を無視したバーテンダーは、シェイカーに氷を詰めると、そこに三種の搾りたて果汁を注ぎ、両手を持ち上げ左胸の前で振りはじめた。

氷がシェイカーの底を叩くリズミカルな音が、地下の密閉空間で壁に跳ね返り、また跳ね返って反響する。徐々に膨れ上がり、包み込むように場を満たしてゆく音が、ミチルの肌を震わせる。まるで楽器の中にいるみたいだ。

わくわくする。

いったい何が出来るんだろう。どんな味がするんだろう。そう考えながら楽しみに待つこの時間にも、もうこの一杯を味わいはじめているのだ。

「やっぱりこれ、ミチルちゃんのオーダーとはちょっと合わないんじゃない? 有名すぎて名前だけでノンアルってバレそうだけど」

「もう少しだけ我慢してください。何か考えがあるはずですから」

人差し指を立てたマスターにそう言われ、沙羅は肩を竦める。

渦中のモクテルは仕上げに差しかかっていた。あらかじめ氷で冷やしておいたカクテル・グラスに、シェイカーの中身が注がれる。淡く濁った液体が、とろりと滑り落ちて小さなグラスをタンポポ色で満たし、湖面を薄く淡雪のような泡沫が覆った。

「……サンドリヨン」

黄色いドレスの貴婦人にも似たグラスが、ミチルの前に差し出された。

「サンドリヨン。なるほどね」

工程を見ているあいだは異議を唱えていた沙羅も、その名を聞いて膝を打った様子だ。

「たしかに、これを知らないバーテンダーはまずいないでしょうね。有名なノンアルコール・カクテルだけど、日本では英語名の方が浸透してるから、フランス語のサンドリヨンでオーダーすれば普通の人ならぴんとこないかもしれないわ」

「へえ……サンドリヨン……」

午後の日なたのような色に見入っていたミチルは、話もそこそこにグラスを持ち上げ、待ちかねたその一杯に口をつけた。

ほどよく冷えた、それでいてふわっとした感触が唇を濡らす。胸がきゅんとするような、ジューシーな甘さが口いっぱいに広がった。

やっぱり、美味しい。喉が欲しがって止まらない。一瞬で心と身体に沁みわたってゆく。

「……――ごちそうさまでした！」

結局また一気に飲み干してしまい、沙羅が声を上げて笑った。

「いくらショート・ドリンクっていっても、さすがにイッキはしないものなのよ？」

「……もうほんといいかげん黙っ」

「これほど美味しそうに飲んでいただけたら、バーテンダー冥利《みょうり》に尽きるというものです。一気飲み、大いに結構でございます」

危なっかしいバイトの発言に被せていくマスターの絶妙なフォローに沙羅は苦笑し、

「これは失礼。バーで他の客に講釈たれる方がマナー違反だったわね」と片目を瞑《つむ》って、飲みかけのサラトガ・クーラーを傾けた。

そんなやりとりのあいだも、ミチルは自分が空にしたグラスを惚けたように見つめていた。内側が果汁でしっとりと濡れたグラスを軽く持ち上げ、キャンドルの灯を透かす。

「本当、すっごく美味しかったです……オレンジとレモンと、パイナップルでしたよね？　もっと酸っぱくなりそうなのに、甘くてやさしい味で、しかもそれぞれがバラバラじゃないっていうか、シトラスとトロピカルの中間の、新しいフルーツみたいな味がして……ほんと不思議」

バーテンダーは無言のまま、氷だけが残ったシェイカーをカシャンと一振りしてみせた。その意を酌み取ったように、通訳が口を開く。

「シェイクで三つのジュースが変身したんです。しっかり混ぜ合わせることで味が一体になるのと同時に、酸味も和《やわ》らぎます。レモン汁だけでやってみるとわかりやすいのですが、シェイクして空気を含ませると味の角が取れて、少し甘くなったように感じるんですよ」

「そっか……シェイクって、お酒の口あたりをよくするだけじゃなくて、味に丸みを出す効果もあったんですね」

それにしても、あの仕草一つでここまで彼の言わんとすることを理解して説明できるとは。この二人、テレパシーでも使えるのか？　とミチルもさすがに驚愕《きょうがく》したが、それより今は、このモクテルの話題だった。

「けどそれじゃ、わたしみたいな素人《しろうと》が自分で作るのは難しいですよね。材料だけなら家でもできそうだと思ったけど……あ、すみません、ここで教えてもらったモクテルなのに、自力で作ること考えたりして。あんまり美味しかったから、つい家でも飲みたいなーなんて思っちゃって……」

沈黙のバーテンダーが首を横に振り、また通訳が語る。

「お気になさらず。そもそも世界中に普及しているスタンダードのレシピですし、ご自宅で召し上がれるものであっても、敢えてバーに足を運んでいただく意味はあるはずですので。サンドリヨンでしたら市販のオレンジジュースとパイナップルジュース、それにレモン汁を加えるだけでできますし、シェイカーがなければマドラーで混ぜるだけでもいいんですよ。大きめのグラスに氷を入れてロング・ドリンクにしてみたり、シロップやソーダを足してアレンジしたり……楽しみ方は無限にございます」

それなら自分でも簡単に作れる。嬉しくなる一方で、浮かんだ疑問が口をついた。

「けどそれじゃ、ただのミックスジュースとどう違うんですか？」

もはやそれはモクテルと呼べるのか。

ここで飲んだ二杯のモクテルは作り方からして普通のカクテルと遜色《そんしょく》なく、本物のお酒以上の満足感を味わえたけれど……それじゃ『サンドリヨン』じゃなく、ただの『色んなジュース混ぜたやつ』でしかないような。

「そうですね……モクテルとミックスジュースの違いには、さまざまな意見があります。味の深みや奥行きといったクオリティを重視する方もいらっしゃいますし、当店でも、バーでお出しするからにはそういうものを心がけてはおりますが……」

そこで初めて、これまでと逆に、饒舌なマスターの方から寡黙なバイトへと問うような視線が送られた。それを受けた彼は片づけの手を一旦《いったん》止め、数瞬考えてからつぶやいた。

「……工夫」

工夫？　ミチルは空いたグラスと一緒に首を傾ける。

一方さすがの相方は、なるほどという顔で後を引き取った。

「そもそもカクテル自体が、飲めないというところから生まれたものなんです。古代のワインやビールは品質が悪く、そのままでは美味しくありませんでした。だから水で薄めたり、蜂蜜《はちみつ》やスパイスを混ぜて飲んでいたのがカクテルの始まりです。現在のカクテルの形が出来上がった後も、禁酒法の時代に作られた密造酒がやはりまずくてそのままでは飲めなかったので、混ぜ物で味を調整するカクテルが発展したといわれています」

「そっか、工夫……」

飲めないものを、いかに美味しく飲めるようにするか。その工夫がカクテルを生み、育《はぐく》んできたのだとしたら、モクテルはその究極形なのかもしれない。

「ですので、たとえ作るのがバーテンダーでなくとも、どんな作り方をしても、飲む人のために……もちろんそれは自分自身でも構いませんが、誰かのために何かを考え工夫して作ったのなら、それはモクテルと呼んでいいのではないでしょうか」

もたらされたその回答は、今夜ここで飲んだモクテルのように心の奥底まで沁み入って、ミチルに活力を与えてくれた。

「工夫……そうですね。うん、何事も工夫ですよね。飲めないから工夫したことで、こんなに美味しいものが生まれたんだから……仕事だって工夫次第、わたしも飲めないのにお酒売らなきゃいけないけど、諦めません！」

「ミチルちゃん、難儀な職業だったのね……。そういえば高木くんもお酒の卸よね、もしかして同じ会社？」

「あ、はい、そうなんです。あっ、でも今は高木さんがうちの会社に転職してきたから同僚だけど、沙羅ちゃんのお店に出入りしてる卸さんとは違いますよ。うちは桃乃商事っていう……」

「桃乃商事？」

——しまった。

さーっと血の気が引いていく。

「たしか、うちでアルコール類を仕入れているのも桃乃商事という卸会社でしたね」

「あ……ええと、その……」

もはやここまで——ミチルは腹を括《くく》った。

「……——っすみません！　わたくし、実はこういう者でして……」

わたわたと名刺入れから一枚取り、両手で差し出す。恭《うやうや》しく受け取った相手は、柔和な表情を崩さず読み上げた。

「流通営業部、酒類販売二課。さかわ……さこうさんとお読みするのでしょうか……失礼、裏に書いてありましたね。酒匂《さこう》ミチルさん。ご丁寧に恐れ入ります。それで、すみませんというのは、どういう……」

「実はっ、わたし、こちらのお店の担当者なんです。昨日から安藤に代わって、正式にわたしが担当になりました。それなのにご挨拶にもうかがわず、身元を明かさずに来店してしまい、お客みたいな顔でくつろいだ上にモクテル二杯も一気飲みして、本当に申し訳ございませんでしたっ！」

両手を膝につき、カウンターに額を擦りつける。

そもそもいらない取引先。切られても構わないとさえ思っていたのに…………バレてしまった今は、軽率な行動がとてつもなく悔やまれた。

この店を失いたくない。取引先としてだけでなく、客としてもうここには来れないのかと思うと、悲しくて仕方なかった。

「お客、です……」

ぶるぶる震えるミチルの後頭部に、低い声が降ってきた。

思わず顔を上げると、隣の通訳が先ほどまでと少しも変わらない、柔らかな笑みを浮かべて言う。

「バーで身元を伏せるのが罪になるのでしたら、銭湯で裸になるのも罪ですね。このカウンターにお掛けになれば、どなたもお客さまでございます」

「あ……」

ぶわっ、と安堵が込み上げてくる。

「じゃ、じゃあ……お二人とも、怒ってないんですか？　わたし、これからも……お客としてここに、モクテルを飲みに来てもいいんですか……？」

「もちろんでございます」

黒ずくめの無愛想な方も、無言で頷いていた。

――がばっ、とカウンターに突っ伏してミチルは呻いた。「う、嬉しい……」

しかし次の瞬間思い出す。社会人として、まずやるべきことをしなくては。顔を上げ、椅子から降りると、手のひらでスーツを整えた。

「あらためまして、こちらを担当させていただきます桃乃商事の酒匂ミチルと申します。ご挨拶が遅くなり申し訳ございませんでした」

ここの看板を見つけた後、移動中にもう一度目を通した店舗データを思い浮かべる。発注担当者および店舗責任者の欄には『タキガワ』と記名があった。

「タキガワさま、今後ともどうぞよろしくお願いいたします！」

深々と下げた頭をゆっくり戻すと、視線の先にあったはずのやさしげな顔は、軽い困惑の表情を浮かべていた。

あ、あれ……？　客としては許すけど、業者としては許してないぞとか、そういう……？

不安を顔に漲《みなぎ》らせると、彼は慌てて「あ、いえ」と表情を作り直した。

「私は瀧川《たきがわ》ではありません。こちらこそ申し遅れました、アルバイトの八雲《やくも》と申します。どうぞよろしくお願いいたします」

「へ？」

バイト？　この、服装からしてものすごくちゃんとしてる、落ち着きがあって品のいい、ついでに甘いマスクの、紳士然とした店員さんが？

いや、非正規の雇われマスターということもある。そういえばさっき、この八雲氏はオーナーの方針がどうのと口にしていたような……瀧川はオーナーの名前か。

「あ、では、瀧川さまは本日こちらにおいでは……」

八雲はそのふんわりした笑みを、隣の黒ずくめの男に向けた。

「こちらが当店のマスターで、オーナーバーテンダーの瀧川でございます」

……ぺこり。とボサボサ頭が小さく揺れた。

「えっ……えええっ⁉」

一人で充分回せそうな店なのに、どうしてこんな無愛想なバイトを雇っているのかと思いもしたが逆だった。無愛想な店主だから、ちゃんと接客できるバイトを雇っていた。戦略として正しい。いや店主もうちょっと頑張ろう、せめて身だしなみだけでも……。

唖然《あぜん》とするミチルを横目に、沙羅がくすくす笑う。

「みんな勘違いするのよね。しかもこの一見マスター風な八雲さん、お酒まわりの蘊蓄《うんちく》語りが好きなだけで、モクテルもカクテルも何にも作れないのよ。ただのおしゃべり好きの色男」

お恥ずかしい、とはにかむ八雲に「色男はそれだけでいいのよ」とウィンクが飛ぶ。

そ、それにしても……と、ミチルの頭の中は疑問がぐるぐる渦巻いていた。

無愛想バイトもとい、マスターにしてオーナーでもあるというこのバーテンダーの素顔を見たわけではないが、ミチルの印象ではおそらくまだ二十代。この若さにして、地下の小さなスペースとはいえ駅近の繁華街に自分の店を構え、人を雇ってまでいるとは、いったい何者なのか。

そういえば、あまり踏み込んではいけない系の愛人さんが経営しているらしいスナックとかもあったな……うん、人生色々。この辺の事情を掘り下げるのは、新人のわたしには荷が重すぎる。おかねもちのむすこさんなんだろーなーとでも思っておこう。

ミチルがスルーを決め込んだとき、沙羅が飲み干したグラスをカウンターに置いた。

「さてと、ごちそうさま。もうこんな時間ね、私はここで失礼するわ。チェックお願い」

こんな時間？　はっとしたミチルは、腕時計を見て青ざめる。

「うわっ！　終電……！」

ちょうど行ってしまった頃だ。呆然《ぼうぜん》としていると、見かねた沙羅が肩を叩いた。

「しょうがないわね。お家《うち》はどこ？　私タクシーチケット持ってるから、一緒に乗せてってあげる」

「えっ、いいんですか？」

「今日は私が誘ったんだもの、付き合ってくれたお礼よ。ただしここのお代は別ね、私、女にはおごらないの」

「はい、もちろん！」

沙羅がスマホの配車アプリでタクシーを呼ぶと、慌ただしく会計を済ませた。

あとは車が来るのを待つだけ……だったのだが、冷たいものを立て続けに一気飲みしたせいか、ちょっと用を済ませておきたくなったミチルは、はばかりながら席を立った。

化粧室から戻ってくると沙羅と八雲の姿はなく、店内にはマスターの瀧川が一人、お留守番の犬のようにカウンターの外でぽつんと立っていた。

「車、来た……」

「え、嘘！」

慌てて飛び出そうとすると、瀧川がドアを開けてくれる。

その行動を意外に感じたミチルだったが、無愛想でもグラスを置く手つきや物の下げ方がとても丁寧だったことを思えば、口下手なだけで本人にはちゃんと接客しようという意思はあるのかもしれない。

「あっ」

そんなことを考えながら階段を駆け上がったせいか、途中でつまずいてしまった。壁に手をついて転倒は免《まぬか》れたものの、パンプスが片方脱げて転がる。

片足立ちで途方に暮れたのも束の間、ドアを開けたまま見送ってくれていた瀧川が、彼の足元まで転がり落ちたパンプスを拾い上げた。そのまま階段を上ってくると、ミチルの前で軽く屈み、摑まるようにと自分の肩を差し出してくる。

遠慮したくてもいかんせん片足の不安定な体勢で、ミチルは甘えるしかなかった。

細身なようで逞《たくま》しい肩に手を置き、足元に添えてくれたパンプスに爪先を入れる。

ろくに身動きも取れない狭くて急な階段で、そうするより他にないとはいえ……恥ずかしいやら何やら、よくわからない感情が込み上げてきた。

「す、すみません……」

「……シンデレラ」

「えっ？」

ぼそりと、小さなつぶやきだけれど──シンデレラ。たしかにそう聞こえた。

言われてみれば、童話のシンデレラが十二時の鐘に慌ててガラスの靴を片方落としてゆくエピソードは、今の状況と重なるところがある。

とはいえこの枯れた大木のような男がそんなロマンティックな連想をしたばかりか、口に出したことが意外すぎて、ミチルは思わず間近にある顔を覗き込んでいた。

「サンドリヨン……英語だと、シンデレラ……」

「ああ」

なるほど、その話か。そういえば日本では英語名の方が一般的だと沙羅が言っていたけれど、その英語名をまだ聞いていなかった。

「ありがとうございます、今日は本当に勉強になりました！」

ぶつかりかねない至近距離でついお辞儀をしてしまい、咄嗟《とっさ》に身を引いた瀧川の前髪がさらりと流れ、白い額が露になった。

眉骨が案外男らしく突き出ていて、鼻筋は綺麗に通っている。切れ長の一重にも見える奥二重は涼しげで、黒い瞳がウォールランプの光を映し、月夜のように輝いていた。

数瞬見惚れていると、瀧川がはっとしたように顔を逸《そ》らし、その動きでミチルはバランスを崩しそうになる。彼の右手が支えてくれなければ、また転ぶところだった。

「っと……、何度もすみません……」

彼は急に動いたことを詫びるかのように小さく頭を下げたが、ミチルの方こそ靴は落とすわ無遠慮に人の顔をじろじろ見るわで、やらかしっぱなしだ。

「ミチルちゃーん、何してるのー、もう車来てるわよ、早く早く！」

階段の上から、沙羅が手を振って呼んでいた。

「あっ……本当、色々すみませんでした。あの、また来ます！」

急いで、けれど今度は慎重に階段を駆け上りながら、ミチルは今自分が言った台詞を噛み締めていた。

また来ます。

これからわたしはこのバーに、来たいときに、好きな理由で、何度でも来ることができるんだ。

地上に出ると、雑居ビルの前に横付けされたタクシーに沙羅と乗り込んだ。八雲に見送られ、車はゆっくりと動き出す。沙羅とミチルの家はほぼ同じ方面で、ミチルのマンションの方が近かったので、まずはそちらへ向かうことになった。

……今日はなんていい日だったんだろう。

ほんの一、二時間前までは最悪の日だと思っていたのに。今はまるで、温かい湯船に浸かったかのように、身も心も芯までほぐれている。

あの小さくて満たされた空間に身を委《ゆだ》ねるのは、本当に幸せな気分だった。ふわふわ、ゆらゆらと揺蕩《たゆた》うようなこの感覚は、まさに酔い心地。

幸福の余韻に浸りながら、ミチルは窓を流れる景色に目を向けた。夜も深い時間となると、繁華街を抜ければ途端に明かりが乏しくなり、住宅街は撮影を終えたセットのように素っ気なく沈黙している。

皆が寝静まり、ひっそりと休息する街をひた走る一台のタクシー。その中から見えるのもまた、見知った街の知らない表情だ。

「あの、沙羅ちゃん」

車内で何げない会話を交わしていた二人だったが、ミチルは自宅に近くなったところで、あらためて隣に向き直った。

「今日は色々、ありがとう。沙羅ちゃんと知り合えて、あの店に誘ってもらえてよかったです。あそこで会ったとき、実はかなり落ち込んでたんだけど……高木さんとのこととか、もうすっかりどうでもよくなっちゃった。バーの癒しって本当にすごいんですね！」

沙羅はふふっと笑うと、おもむろに彼女のクラッチバッグを開きながら言った。

「私の方こそ楽しかったわ。そんなにバーが気に入ったなら、今度うちのお店にもいらっしゃいよ。うちはチャージ制でソフトドリンクもあるし、お酒飲まなくっても全然大丈夫。お客さんは女の子でもノンケでも何でもオッケーのミックスバーだから、気兼ねなく遊びに来てちょうだい」

ノンケ？　耳にした台詞の意味を理解する前に、タクシーが停車した。ミチルのマンションに着いたのだ。

「はい、これ渡しておくわね」

差し出された名刺には、〈沙羅〉の源氏名の上に〈みんなのゲイバー　♡ヴェルサイユ♡〉とあった。

「え？　え？」

後部座席のドアが開き、ミチルは降ろされる。

「え？　え？　…………ええええー!?」

じゃあねー、と窓から手を振る沙羅を乗せ、タクシーは深夜の街を走り去った。

睡眠は長さよりも質——とはいうものの。その言葉をミチルが初めて実感したのは、翌朝のことだった。

これまでにないすっきりとした目覚め。たった一杯カルーアミルクを飲んだだけとはいえ、二日酔いの頭痛もないし、身体も重くない。むしろ軽くなったとさえ感じるのは、昨夜〝心を解放〟できたからだろうか。

憎らしいほど眩《まぶ》しかった朝日が、今朝は暖かいと感じる。洗いざらしの澄んだ空気は肌を引き締めてくれるし、いつもと変わらないトーストとハムエッグの朝ご飯が美味しい。疲れを引きずり、重い気分を背負って通勤していた昨日までが嘘みたいに思えた。知らなかった。夜をちゃんと楽しむと、朝がこんなにも輝くことを。

今なら何かができそうな気がする。きっと長続きはしないだろう瞬発的なやる気だという自覚はあるけれど、とにかく今は、よくわからないエネルギーが漠然と湧いてくる。

だからその熱が冷めないうちに、ミチルは行動に移した。

「こんばんは！　今日はリベンジに参りました」

鼻息荒く飛び込んだのは、カルーアミルクを飲まされ、這《ほ》う這《ほ》うの体《てい》で逃げ帰ってきたバー『木暮』。開店前の準備中で、当然ながら客はいなかった。

「昨日はせっかくわたしみたいな新人に意見を求めてくださったのに、ろくなことも言えずに帰ってしまって、すみませんでした……」

我ながら情けない思いで頭を下げると、マスターの木暮氏は「ああ」と声を漏らし、薄くなりかけた頭を掻いた。

「何だかこっちこそ、悪かったね。あんた飲めないんでしょ、そういう人にお酒出すってのは、今はほら、アルハラとかっていうんでしょ？」

「えっ、気づいてたんですか？」

マスターは闊達《かったつ》に笑う。

「そりゃわかるよ、顔赤くなってんだもん。まあここは暗いし客同士なら気づかない程度かもしんないけどね、あたしがここで何十年人に酒飲ませてきたと思ってんだい。むしろ飲む前に気づけなかったことに落ち込んだよ、そこまで耄碌《もうろく》したかってね」

「あ……」

違う、本当のことを隠して誤魔化そうとした自分のせいだ。

恥ずかしいやら、申し訳ないやら……俯きかけたミチルだったが、こうしてまたやってきた目的を思い出し、自分を奮い立たせた。

「あのっ、本当に、昨日は失礼なことをしてしまってすみませんでした。もうバレてますけど正直に言います、仰る通り、わたしはお酒が飲めません」

「うん。それで、リベンジってのは？　飲めない人に無理してまた飲んでもらって、潰れられてもこっちは困っちゃうんだけどね」

ミチルはふるふるとかぶりを振り、作ってきた書類をビジネスバッグから取り出した。

「お酒は飲めませんが、担当として、ご相談の件についてのリベンジです。若い女性向けの新メニューに、わたしからこちらのカクテルをご提案させてください！」

カウンター越しに両手で提案書を差し出す。受け取ったマスターはそれをペンダントライトの下に持っていき、照らした紙面に目を細めた。

「ほー……、『シンデレラ』。ノンアルコール・カクテルか」

「はい。このカクテル名だけでも女性を歓迎している姿勢は伝わると思いますし、ノンアルコール・カクテルが一つでもメニューにあれば、女性に限らず、お酒があまり強くない方も、誰でも気兼ねなくこのお店に入れると思うんです」

あのモクテル・バー『SOBER CURIOUS』で飲んだサンドリヨン――英語名ではシンデレラ。昨夜寝る前にこのモクテルについて調べたミチルは、その由来を知って感動を覚えた。

ドレスがないせいで、お城の舞踏会に行けないシンデレラ。

お酒が飲めないせいでパーティーに行けない女性にも、シンデレラを変身させた魔法のように、お酒の席を楽しめる魔法を――そんな思いから、このモクテルは作られたといわれている。

お酒が飲めないから、あまり強くないから、バーに興味はあるけど入れない――そう諦めていたミチルと同じような人たちにも、この一杯が魔法をかけてくれるはずだ。

「こちらはウイスキーがメインのオーセンティック・バーですし、何十年もお酒にこだわってこられた方に、ノンアルコールのメニューをご提案するのは不躾《ぶしつけ》かもしれませんが……」

その点だけは躊躇いがあった。

ミチルが声を萎ませると、マスターはおもむろに背後の酒棚《バックバー》を振り返り、そこから一本のボトルを手に取って見せた。

「ほら、この国産ウイスキー。これなんかその辺のスーパーでも買えるやつだ。こんなもんは自分で買って家で飲んでる方が安いに決まってる。なのにわざわざ、ここに飲みに来る連中がいるんだよ。あたしはね、酒出すだけがバーじゃないと思ってんだ」

家で普通に飲めるものでも、敢えてバーに来る意味はある。『SOBER CURIOUS』でも言われたことだ。

「うん……いいんじゃないか、シンデレラ。これならあの生意気な孫も、じいちゃんにしちゃハイカラだって舌を巻くかもしれねえな」

「……！」

ミチルは嬉しさに顔を上げる。

かかっと笑う木暮氏は、「けどあんた」と続けた。

「そんな提案していいの？　酒使わないメニューじゃ、おたくは儲からないけど」

そうなのだ。ミチルの仕事は酒を売ること。これでは何の利益もないように、一見思えるが……。

「いいんです。だって飲めない人も入れるお店になれば、『飲めない人と一緒に飲みたい飲める人』も入れるようになりますよね？　今まで取りこぼしていた層の『飲める人』が加わって、結果的に飲むお客さんが増えるじゃないですか」

そしてこれは、あくまで個人的な思いだけれど……ミチルはそういう、飲める人も飲めない人も、一緒に楽しめるバーがもっと増えてほしいと願っている。

「なるほどね。よしわかった、じゃあ遠慮なく、この案採用させてもらうよ」

「——はい！　ありがとうございます！」

とか言いつつ……と、ミチルはふたたびバッグに手を入れる。

「やっぱりこちらも商売なので、もう一つだけご提案させていただきたく……このシンデレラじゃちょっと物足りないというお客さまのために、裏メニューとして、ウォッカを加えたオリジナル・カクテル『大人のシンデレラ』を作ってみてはいかがでしょうか！」

もう一部、差し出した提案書に目を落とした木暮マスターは、片手で顎を擦った。

「ははぁ、大人のシンデレラねえ……普通はカクテルのレシピからアルコールを抜いてノンアルに仕立てるけど、その逆をいって、ノンアルのレシピにアルコールを加えてカクテルにするってわけか。逆転の発想で、こりゃなかなか面白いかもしれないな。どれ、いっちょやってみるか」

「ありがとうございます！　ウォッカは今こちらで置いていただいている銘柄《めいがら》の他にも弊《へい》社《しゃ》で多種取り扱っておりますので、今日はいくつかサンプルをお持ちしました。わたしは試飲だけはできませんが……それ以外のことなら協力させていただきますので、ぜひこちらも試してみてください！」

「おう。これからも頼りにしてるよ、酒匂ミチルさん。一度聞いたら忘れらんない、いい名前だねえ」

ああ……何か、今、素直に嬉しい。

ミチルは初めて、この名前をくれた親やご先祖に感謝したい気持ちだった。

そして込み上げてくる、ある欲求。ドラマでよく見る光景が脳裏に浮かぶ。仕事終わりにビールをぐいっと、ぷはーっと——そうか、あれはこういう気分だったのか。

たしかにこれは、一杯やりたくなる。


「あー、やっぱ働いた後には、ここのサラトガ・クーラーが効くーっ！」

そんなわけで、ミチルは今夜もあのモクテル・バー『SOBER CURIOUS』のカウンターに座っていた。

「お仕事お疲れさまでした。『木暮』さんもいいバーですよね、モルトから希少なシングルグレーンまで、ウイスキーの品揃えが豊富で」

「あ、その豊富なウイスキー納めてるのわたしですー」

ドヤるミチルに微笑んで相槌を打つのは、一見マスターのような貫禄《かんろく》のアルバイト。その隣では、無愛想な若きオーナーバーテンダーが黙々とグラスを磨いている。

店内は相変わらず閑古鳥《かんこどり》の棲《す》み処《か》で、ミチル以外には常連らしい客がテーブル席に一人、ノートPCで電子新聞を読みながら黙々と飲んでいるだけだった。まるでカフェのようだけれど、そういう過ごし方もアリらしい。

「ここでも『大人のシンデレラ』出してくれませんかね？　正直もうちょっとお酒仕入れてもらわないと、担当の立場的に困るんですよ。ねえマスター」

「あなたが飲むなら、作りますけど……」

「うっ、それはちょっと……わたしはスタンダードな、サンドリヨンでお願いします！」

バーテンダーは無言で頷き、棚からカクテル・グラスを取った。

そのまま食べても美味しそうなフルーツを贅沢に搾って、調合し、魔法の一杯を作り出す。物言わぬ魔術師のショーを眺めながら、ミチルは溶け残った氷まで惜しむようにグラスを傾け、サラトガ・クーラーの最後の一滴を喉に流した。

ここは不思議なモクテル・バー。マスターは無口だけれど、おしゃべりなウェイターとの会話を楽しみながら絶品のモクテルを味わえる、飲めないわたしのためのバー。

……いや違うな、とミチルは思い直した。

飲める人も飲めない人も、ここに座ればきっと、渇いた喉も心も癒される。

明日はこのカウンターに、誰のためのどんなモクテルが出てくるのだろう。
そんなことを考えながら、今夜はミチルが、この一杯に酔いしれる。

Garnish:1

午前二時、閉店のお時間となりました。

まずは地上に出していた看板を引っ込めるのが僕のお仕事です。階段が急なのはともかく、この狭さは何とかならないでしょうか。おかげでイーゼルをぶつけてしまい、僕の脚《あし》はいつも青痣《あざ》だらけです。労災は……下りないですよね。

店内に戻ると、ここの主《あるじ》であり僕の雇い主でもあるマスター《ご主人さま》が、黙々とシンクを磨いておられました。精が出ているようで何よりです。

「最近よくお話しになりますね」

彼はぴたと手を止めました。よく話すというのは他人と比較してのことではなく、いわゆる当社比というものです。

何やら思い悩んだ様子の主人に、僕は苦笑を返します。

「何も悪いと言っているわけではありません。喋《しゃべ》ったら死ぬわけじゃなし、僕はいいと思いますよ。ただ少し、驚いているだけです」

僕の言葉をどう捉《とら》えたのか、前髪の奥で視線を巡らせた彼は暫《しば》しの沈黙の後、

「あれは……喋るというより、喋らされてる」

とつぶやきました。

「なるほど。それはちょっと、わかる気がします」

ここ最近、うちの寡黙《かもく》なマスターの口を図らずも抉《こ》じ開けつつあるお客さま——のような、関係者のような——方がいらっしゃいます。

目の前で駅の自動改札に保険証をかざして四苦八苦している人がいたら、声をかけずにはいられないようなものでしょうか……モクテル・バーにモクテルのことを何も知らずに入ってきて、お酒を売る立場なのにお酒が飲めない。それなのに——いえだからこそ、こちらが驚くほど屈託なく、全身全霊でモクテルを味わい、楽しみ尽くしてくれる方。

元来当社比ではなく他人と比較してもおしゃべりな僕でさえ、彼女がいらっしゃると、いつも以上に蘊蓄《うんちく》語りに熱が入ってしまうのも致し方のないことでしょう。

ドラムのビートで音楽が始まるように、あれほど軽快な舌鼓《したつづみ》を打ち鳴らされてしまうと、歌いださずにはいられないものです。

「……そろそろ、新しいレシピが浮かんできたりはしませんか」

卓上のキャンドルを持ち上げ、吹き消しながら尋《たず》ねました。

「そういうのを期待してるなら、もう……」

「いえ、余計なことを申しました。忘れてください」

煤《すす》のにおいが鼻をつきました。焦げた芯から出る煙が小さな地下室に立ち込める、この一日の終わり。今日という日が燻《いぶ》されて、セピア色の過去に変わってゆくような心地がします。

なかなか抒情的《じょじょう》ではありますが……まだ若く才能溢《あふ》れるこの青年には、彼の作り出すモクテル同様、天然色の日々がきっと相応《ふさわ》しいはずなのです。

どうか、彼の未来がふたたび色づきますように。

お節介というよりは、自分のために。罪滅ぼしにもなりませんが……心の片隅《かたすみ》で、僕はいつもそう祈っているのです。

2. スピークイージーで内緒話

マナーモードとはその名の通り、電子音を鳴らすべからざる場では鳴らさないという最低限のマナーを持ち合わせている証左にはなる。

しかし携帯を確実に沈黙させたいのであれば、電源を切る、あるいはサイレントモードにするべきだった。マナーモードにしただけでは、バイブレーションが作動してしまう。どんなに短くとも、その唐突な振動はたしかに音や気配となって、周囲に伝わってしまうものだ。

特に、静かな環境――たとえばこんな、授業中の教室ならば。

「……ぷっ」

誰かが笑った。そこから波紋が広がるように、くすくす笑いが静かに伝染していく。

生徒たちは皆、教卓の方をちらちらと見ている。本来教卓の方、すなわち教師の立つところは堂々と見て然《しか》るべきだというのに、敢《あ》えてちらちらと、どこか申し訳なさそうに目を向ける。

そのひっつき虫のようにちくちくした視線を受けながら、悠里《ゆうり》は教卓の中で震えた携帯を恨めしく睨《にら》んだ。ちゃんと設定していなかった自分が悪いのだが……。

ここは比較的規律の厳しい中学校。

登校したら担任に携帯を預け、校内では使用しないという校則を遵守《じゅんしゅ》している生徒たちからすれば、取り上げている教師の方が授業中に携帯を持ち込んでいるというのは反感しか生まなそうなものであるが……今この教室中から悠里に寄せられているのは、同情の皮を被った好奇の目だった。

「……このkeep in touchは連絡を取り合うというイディオムで、前置詞withで誰々と。例文のI want to keep in touch with him.は、私は彼と連絡を取り合いたいという意味になります」

ひそめた笑い声が、堪《こら》えきれないとばかりに熱を帯びる。

何だよこの例文、どういう状況だよ。よりによって、こんな時に……。

げんなりしながら残り十五分の授業をやりきった悠里は、チャイムが鳴るなり教室を後にした。廊下で携帯をいじっているとまた変な目で見られそうなので、職員室に戻ってから新着メッセージを開く。

相手はこのところ疎遠になりつつあった女友達で、彼女にしては珍しく、飲みに行こうという向こうからの誘いだった。

久しぶりだな。急にどうしたんだろう？

色々訊《き》きたいことはあるが、とりあえず〈ＯＫ！〉のスタンプを返した。

事の起こりは先週の日曜日。悠里は駅前のカフェで、交際相手から別れを切りだされた。理由は訊かないつもりだったが、悠里が全然笑わないので自分がつまらない男に思えてくる、あと酒に強すぎてちょっと引いた、とご丁寧に教えてくれた。

暇潰しに始めたマッチングアプリで知り合って、二回デートしただけの相手だ。深い仲というわけでもなかったし、アプリ上でマッチしたのだからアプリ上で解消してくれればよかったのに、わざわざ呼び出して謝ってくるなんて律義な男だな、ありがた迷惑だけどと思って終わりのはずだった。

ところが悪いことに、そのカフェにこの学校の生徒が居合わせていたらしい。

瞬《また》く間に広まった噂《うわさ》は、校内を駆け巡るうちに原形を失ったうえ後日談がどんどん追加されて、いつの間にか悠里は同棲《どうせい》していた婚約者を若い女に奪われ、必死に追い縋《すが》るうちに病んでしまいストーカー化して警察を二度呼ばれ、救急車を一度呼ばれたことになっていた。一応学校には来ているが、毎日百件近いメールと無言電話をしないといけないので片時も携帯を手放せないらしい。

いやめちゃめちゃ実家から通ってるし。何なら学校からチャリで五分というローカルすぎる立地のせいで、生徒たちにも家バレしてるし。しかもまだ一週間も経《た》ってないのに、展開早いにもほどがあるでしょ。あと若い女どこから来た。

言いたいことは山ほどある。ツッコミどころ満載なのだが、他の教員は気にするなと笑うだけだ。生徒たちも本気で言っているわけじゃない、面白がっているだけ、いつまでも同じ話題は続かない、いちいち騒ぐほどのことじゃないですよと。

上司や同僚が恋愛事情を詮索《せんさく》すればセクハラなのに、生徒たちが自分のどんな噂話をしようと、誰も取り締まってはくれない。

「塩谷《しおや》先生」

学年主任の西田《にしだ》先生に呼ばれ、椅子《いす》ごと振り返った。

「二組の相沢《あいざわ》さんですけど、今度はピアスを開けたみたいね」

「えっ、本当ですか。すみません、気がつきませんでした」

相沢真琴《まこと》――悠里が担任しているクラスの生徒だ。ちょうど耳が隠れるボブカットなので、見落としてしまったのだろう。

「もっと生徒たちのことをよく見てやってください。特に彼女のことはしっかり目をかけて、何とかしていただかないと。他の生徒にも悪影響が出はじめているようですし」

「すみません。相沢さんとは、何度も話はしているんですが」

相沢の校則違反はこれで四度目だ。一年生の頃は落ち着いた優等生だったらしいが……二年になってから、だんだんと外見が派手になっている。

お洒落《しゃれ》に興味が芽生える年頃でもあるし、スカートを短くしたり髪を染めたりする生徒が一人もいないような学校の方が正直不気味だろうと悠里は思うが、西田先生はむっちりとした腕を組み、大げさにため息を吹きかけてくる。

「あれでテストはぶっちぎりの学年トップなんだから、不思議なものよねえ」

そうなのだ。もともと優秀だった相沢は、服装の乱れと比例するかのように成績がぐんぐん上がっている。悠里たち教師からすると奇妙な現象と言わざるを得なかった。

「けどだからといってそれでこっちも強く言えないなんて思わずに、ちゃんと指導をしてくださいよ。ただし、ヘソを曲げて成績を落としたなんてことにだけはならないように」

それがどれだけ難しいことか、わかって言っているのだろうか。

「去年私が担任していたときは、それは真面目ないい子だったんですよ。多少問題が起きても、私が話をしたらすぐにわかってくれて。本来素直で聞き分けのいい生徒なんですから、くれぐれもお願いしますよ」

「……わかりました」

だったら自分で指導してほしい。

放課後の進路指導室。悠里は前回とまったく同じ台詞《せりふ》で口火を切った。

「今日はどうして呼ばれたか、わかる？　相沢さん」

　返答はない。

　悠里は俯《うつむ》く相沢真琴のつむじをぼんやりと眺めていた。真ん中じゃない、ちょっと右寄り。茶髪の生え際に黒い部分が出てきている。

「……頭、すぐプリンになるよ」

　頭髪については前回さんざん注意をした。しかし脱色が校則違反であることくらい、相沢だって言われなくてもわかっているのだ。そんな校則知りませんでした、そうとわかればすぐに戻します。なんて言ってくれる生徒はいない。

「髪は、もう戻します。週明けには黒く染めてきます」

　思わず「えっ」と訊き返しそうになった。

　このあいだは意地でも黒染めはしないという強硬姿勢だったのに……いったいどういう心境の変化だろうか。

　そういえば一時期派手だった化粧も、よく見ると今はしていないようだ。もともと中学生にしてははっきりした顔立ちで、何もしなくても充分綺麗《きれい》だからすぐには気がつかなかった。

「そう、わかってくれたのならもういいです。じゃあ、そのピアスも外してくれる？　まだ開けたばかりでしょう、今なら穴も塞がるはずだから」

ところが、相沢は外すどころか、右耳のピアスを取られまいとするように手で覆《おお》った。

悠里は眉を顰《ひそ》める。

「髪の色は戻すけど、ピアスは外したくないってこと？」

相沢は右耳を庇《かば》ったまま、こくりと頷《うなず》いた。

悠里は内心でため息をつく。

「……相沢さんは勉強も頑張っているし、先生たちもみんな期待してる。けど、もしそれがプレッシャーになってるんだったら、遠慮なく言ってね。もしもお家《うち》で厳しくされているようなら、親御さんと話しても……」

けれど相沢は首を横に振った。

「勉強は、自分が好きでやってるので。協力してくれる先生方や家族には感謝しています」

別に親や教師に反抗して校則違反をしているわけではない、と言いたいらしい。

実際相沢は、いわゆるグレている感じとは違った。

まだ教師になったばかりの悠里は経験豊富とはいえないが、それでも相沢の態度は、ちょっと変わっている気がする。

ピアスの何が悪いんですか、どうして髪を染めちゃいけないんですか、今時黒髪じゃなきゃいけないなんてブラック校則じゃないですか——なんて口答えは一切せず、注意されれば謝りもする。

ただし従いはしないというのが今までの彼女のスタンスだったが、急に髪を染め直すと言いだして、悠里はますます相沢が何を考えているのかわからなくなった。

「もしかして相沢さん、好きな人でもいるの？　っていうか……彼氏？」

好きな男の気を引きたくて、あるいは彼氏がこういうのが好きだと思ってイメチェンに精を出しているという仮説が浮かんだ。

しかしそのパターンでいくと、相手は年上のような気がする。片想いならまだいいが、中学生に手を出している男だとしたら、ちょっと問題なんじゃ……？　いやでも卒業した先輩とか、一つ二つ上なら変じゃないのか？　いくつぐらいなのかは一応確かめておくべきだろうか。あとで何か、事件になったりでもしたら……。

動揺をひた隠し、できるだけサラッと訊いてみたつもりだったが、相沢は俯いたまま無言でかぶりを振った。

……まあそうだよな。仮にそうでも、ここで「はいそうです」なんて言わないよな。そんな諦念《ていねん》に近い考えが、悠里の気を挫《くじ》く。

本当のことなんて、教師《じぶん》なんかに話すわけがない。

中学二年生。恋愛に興味は大ありだけど、中学生の恋愛は何となくいけないことだと、大人に思われているのを知ってもいる。好奇心旺盛《おうせい》で、大人がウザいお年頃。

悠里が中学生の頃だって、担任に「恋愛してるか」なんて訊かれて、素直に答えたりなんか絶対にしなかっただろう。

「そう。でも一応これだけ聞かせてほしいの。年上の人？」

相沢は少しだけ首を捻《ひね》って、相変わらず黙っていた。首を横に振るべきか、いやそもそも存在自体を否定しているのだからイエスもノーもないだろう――そんなところか。

「違うのね。年上とは付き合ってないってことで、間違いないんだよね」

ちゃんと訊いたからね。先生は確認したんだからね。

アリバイを固めるかのように念を押すと、相沢はこくりと頷いた。

「だったらいいの、変なこと訊いて悪かったね。それでさっきの話に戻るけど、髪の方は本当に染め直してくれるんだよね」

「はい」

「わかった。じゃあ月曜まで待つから、それまでにお願いね。けど、どうして急に戻す気になったの？」

イエスかノーではない、首を振るだけでは答えられない質問の返事を、悠里は辛抱強く待った。やがて沈黙に堪《た》えられなくなったのか、相沢がぽつりとつぶやく。

「……意味が、なくなったからです」

「意味っていうのは？」

今度ばかりはいくら待っても答えない。理由を聞くのは諦《あきら》めることにした。

「それじゃあそのピアスも、もう少し待てば意味がなくなって、外してくれると思っていてもいい？」

これはイエスかノーの質問。相沢が返事をくれるまで、根比べの覚悟でじっと待つ。

「……わかりません」

だが得られた解答はイエスでもノーでもなかった。

「意味があるかどうか、まだわからないので」

その〝意味〟をもう一度尋《たず》ねても、やはり答えてはくれないのだった。


とにかく学校にピアスを付けてくるな、と言うだけは言って終わりにした。

また親とも話さないといけないだろうか……嫌なんだよな、保護者を呼び出すの。

相沢の家は父子家庭だが、父親は学業も家のことも一人で立派にこなす娘を信用し、また負い目もあるようで、思春期なのだし自由な恰好《かっこう》くらいさせてやりたいという意向だ。

娘への理解はあるが、学校に協力的とはいえない。

職員室に戻ったら、きっと西田先生からピアスを取り上げなかったことをネチネチ詰められるだろう。

なかなか動く気になれず、相沢を帰した後もしばらく進路指導室に留まっていたが、いつまでもこうしているわけにもいかない。

ようやく重い腰を上げた悠里は、換気のために開けていた窓を閉めようとした。すると、ちょうど昇降口から出て行く二つの丸い茶髪頭が見えた。

相沢と、同じく悠里のクラスの中島茉奈《なかじままな》だ。いつも一緒に帰っているから、今日も中島はどこかで相沢が解放されるのを待っていたのだろう。

中島も茶髪だが生活態度は至って真面目で、二人ともちょっとお洒落に関心強めな普通の女子中学生、というのが悠里の印象だった。

中島にももう注意はしたが、実のところこの程度の脱色をしている生徒は他のクラスにも二、三人はいる。相沢の場合はなまじ成績がよく、元が優等生だっただけに急に人が変わったようで目立ってしまうのだ。

けれどやはり、非行に走るような理由が見当たらない。

親との関係は良好で、友達の多いタイプではないが、こうして行動をともにする親友も同じクラスにいる。クラス内で生徒同士のいざこざがまったくないとは言わないが、いじめのように誰かを大勢で除《の》け者にする兆候も見られない。

……やっぱり、男関係だろうか。茶髪の方がウケがいいと思ったのに反応がイマイチだったから戻すことにしたのか、似合わないとでも言われたのか。

年上じゃなくても、同年代で他校のやんちゃな子ってパターンもあったな。むしろそっちの方がありそうな気がしてきた……それだったら私が口を出すことじゃないのか？　変に反対されると余計に盛り上がったりするらしいし、成績は逆に上がっているんだし。けど茶髪にしても黒髪にしても、女に自分の好み押しつけるようなヤツはやめとけー。

「あーもう、わからん！」

ピシャリと窓を閉めて叫んだ。

あれこれ悩んでいてもしょうがない。理由なんて、本人が言ってくれなきゃわかりようがないのだから。

悶々《もんもん》としていると、サイレントモードに設定し直した携帯が無言で通知バナーを浮かび上がらせた。タップして新着のメッセージを開く。

〈いつにする？〉

少し考えてから、返信の文字を入れた。

ターミナル駅の西口はマンションが立ち並ぶベッドタウンの趣《おもむき》で、駅前には学習塾も多く、悠里の学校からも通っている生徒が多い。

待ち合わせに指定されたのはその反対側、繁華街が広がる東口だった。

雑踏の中から、ふいに懐かしい声が飛び出してくる。

「悠《ゆう》ちゃん!」

駆け寄ってきたのは、大学の友人だった酒匂《さこう》ミチルだ。

お互い就職してからもしばらくはたまにメッセージのやりとりをしていたものの、営業職のミチルはとにかくいつも忙しそうで、最近はむやみに連絡するのも控えるようにしていた。

それが突然、向こうから飲みに行こうだなんて……嬉《うれ》しいけれど、何かあったのだろうかと心配でもあったのだ。

「ミチル、久しぶり」

「ほんと、久しぶりー! 何度も誘ってくれてたのに、ずっと参加できなくてごめんね。

でもまさか、連絡した今日の今日で会えるとは思わなかった」

見たところ特に変わった様子はない。どころか、溌剌《はつらつ》とした笑顔は、最後に会った飲み会のときより断然元気そうだ。

店に入って腰を落ち着けてからゆっくり……と思っていたが、さんざんやきもきしていたのもあり、まどろっこしくなってずばり尋ねることにした。

「それで、今日はどうしたの？　ミチルの方から誘ってくるなんて珍しい上に、みんなでじゃなくて私だけだし。何か、二人きりじゃないとできないような話でもあるのかと思ったんだけど」

「あ、ううん、ごめん。別にそういうんじゃなくてね、行きたいお店があんまり大きくないバーだから、大人数ってわけにはいかないかなと思って。それで誰誘おうって考えたとき、一番に思い浮かんだのが悠ちゃんだったの」

「あ、そう……そっか、だったらいいけど」

こういうとき、素直に「嬉しー！」とか言えたら可愛《かわい》いのだろうけど、つい照れてぶっきらぼうに返してしまう。

こういうとこなんだよな。

本当は、悠里も大勢より誰かとサシでゆっくり飲めればその方がいいと思うタイプだ。

けれど一対一で誘うのは、どうにも気が引けてしまう。自分みたいに面白味のない人間と二人きりでは、相手が退屈してしまわないか不安なのだ。

だから寂しいとき、モヤモヤしたとき、とにかく一人でいたくないとき――とりあえず大勢に声をかけて飲みに行く。みんなでいれば何となく賑やかになるし、口下手な自分でも酔えば少しは陽気になって、垣根がなくなるような気がするからだ。

ただそうやってストレスを感じるたびに飲んでばかりいたせいか、近頃ではなかなか酔えなくなってきたのが悩みの種だった。もともと強い方だという自覚はあったが、今や完全なウワバミと化している。

「じゃあどーしよっか、先にご飯食べてから行く?」

「そうだね。お腹《なか》減ってるし、しっかり食べときたいかも」

何を食べるか相談しながら歩きだした二人は、ほどなく駅ビルのレストランフロアに上がった。有機野菜が売りという自然食レストランで腹ごしらえを済ませると、ミチルの案内で最近の行きつけだというバーへと向かう。

「取引先のお店なんでしょ? プライベートでも飲みに行くなんて、仕事相手といい関係築いてるんだね」

「んー、そうだね、いい関係かも。相変わらずお酒の注文はさっぱり増えないし、マスターには話しかけてもほとんど無視されるけど」

それのどこがいい関係なんだ。

間違ったポジティブではないのか……ミチルの仕事ぶりが少し心配になったが、本人は「今日は何飲もっかなー」と至って楽しそうだ。

……それにしても、バーなんて久しぶり。

ふと古い記憶が呼び起こされ、どこかほろ苦いような、懐かしい感覚が胸の底から沁み出してきた。

あれは大学三年の夏。長期休みを利用して、アメリカのピッツバーグに短期留学したときの話だ。

それなりに準備はしたつもりだったが、実際海を渡ってみると、悠里の語学力は現地のクラスメイトと親しくなれるレベルには達していないことがわかった。それをカバーするだけのコミュニケーション能力も足りず、ホームステイ先のホストファミリーや、同じ家に身を寄せている他の留学生たちともまったく打ち解けられなかった。

見回せば話し相手はいくらでもいるのに、自分だけが会話に入れない。誰かといるほど、よりとげとげしい寂しさが肌を刺した。

ステイ先で出される食事や弁当《ランチ》が口に合わない……という以前に量も栄養も明らかに不

足していたこともあり、悠里は次第に近所のバーで食事を摂《と》るようになった。

バーというよりパブに近いような、昼間からやっているカジュアルな店だった。料理は安くてボリューム満点。シリアルかバナナ一本の朝食、ドーナツ一つの昼食に冷えて硬くなったピザの夕食を二週間以上続けた悠里には、揚げたてのチキンやポテト、分厚いビーフパティの挟まったハンバーガーは涙が出るほど美味《おい》しかった。

いつものようにビール一杯で黙々と料理を食べ、帰ろうとしたある晩のこと。店の主人が「これも飲んでいけ」とテーブルに二つの物を置いた。

一つは小さなピッチャー。そしてもう一つ、どちらかといわなくてもこちらがメインという雰囲気たっぷりのグラスには、薄いカラメル色の液体が少しだけ入っていた。

鼻に近づけてみると、すぐに酒だとわかる独特の匂いがする。

おそるおそる舐《な》めてみた瞬間、舌がぴりっと焼かれて思わず仰《の》け反《ぞ》った。それを見て笑う店主に促《うなが》され、ピッチャーの水を注いでみる。すると強烈なアルコール感が薄まって、今度は痛い思いをせずに飲み込むことができた。

口に入れたときにはぬるかったそれは、喉《のど》を通りながら燃えるように熱くなり、胃の腑《ふ》の底でさらにふつふつと温度を上げていった。立ち昇った熱は全身にじんわりと回り、胸の中で膨らんでゆく。

ビール一杯では訪れなかった酔いが、悠里の身体《からだ》に火をくべていた。

すっかり温まった身体でステイ先の家に帰ると、玄関を入ってすぐのリビングにはホストマザーと他の留学生たちがごろごろしていた。

「遅いじゃないの！　もうあんたのディナーはないよ」

いきなり訛《なま》りのきつい英語で怒鳴られて、いつもなら俯いて「すみません」と言うか、授業が長引いたとバレバレの嘘《うそ》を言うところだったが――

「そのディナーがまずいし足りないから外で食べてきたの」

酔って気が大きくなっていたのだろう。

逆上したホストマザーは激しく捲《まく》し立て悠里を罵倒《ばとう》したが、幸いなことに一切聞き取れなかった。

やがて罵詈《ばり》雑言《ぞうごん》も尽きた彼女が椅子を蹴《け》って出ていくと、その場にいた留学生たちが次々に悠里の肩を叩いた。

「日本人、よく言った」

「日本人って名前じゃないから」

ようやくユウリ・シオヤの名前が認知された出来事だった。

「悠ちゃん、階段気をつけて」

ミチルの声に、はっと足元を見る。うわの空で下りるには暗く急すぎる階段が地下へと伸びていた。

「うん、ありがと」

暗がりの底には、横穴を塞いでいるような木目のドアがある。それを引き開けたミチルの背中に続いて、悠里も店内へと足を踏み入れた。

L字型のカウンターに、店員が二人。煉瓦《れんが》の壁にくっつけるように、二人掛けのテーブル席が二つだけ設置されている。

あんまり大きくないどころか、思った以上に小さな店だ。

「いらっしゃいませ」

いかにも品のいい、マスター然とした男が微笑《ほほえ》みかけてきた。グレーのジレにネクタイを締め、きちんとタイピンも付けている。

「八雲《やくも》さんこんばんは。今日は友達を連れてきました」

けれど親しげに会話しているのを見るに、この八雲というらしい男は、ミチルが『話しかけてもほとんど無視する』というマスターではないのだろう。

彼の恭《うやうや》しい案内で、二人はカウンターの真ん中に座る。

「マスター、こんばんは」

座った目の前に立つもう一人の店員に、ミチルはそう呼びかけた。

マスターというにはかなり若い――八雲もせいぜいアラサーくらいに見えたが、それよりもっと若そうに見える。身なりもだらしないとまでは言わないが、およそサービスマンには似つかわしくないラフな服装と、目元を覆い隠す頭髪。しかし仮にも客として来ているミチルに挨拶《あいさつ》されても無言で会釈するだけという態度からして、紛れもなくこの男が件《くだん》の店主なのだろう。

客商売としては難ありなタイプには違いないが、どちらかというと陽気に話しかけてくるバーテンダーの方が苦手な悠里は、これなら一人で来ても静かに飲めそうだと好意的に捉《とら》えていた。

店構えも好きな感じだ。厚みのあるしっかりした木のテーブルと、整頓《せいとん》された酒棚《バックバー》。落ち着いた内装はオーセンティック・バーのような雰囲気だが、堅苦しくはない。

うん、悪くない店だ。自然、酒への期待も高まる。

「えーと、わたしはこのあいだ飲んで美味しかった、フローズンの……」

「……ヴァージン・ピニャコラーダ?」

「そう、それ！　わたしはそれでお願いします」

マスターは小さく頷くと、作業台の隅《すみ》でミキサーやら何やら器具を用意しはじめた。

「悠ちゃんは何にする？　さっきも言ったけど、アルコールは一杯だけしか頼めないから、お酒を飲むなら慎重に選んでね。わたしのおすすめモクテルはサラトガ・クーラーなんだけど……」

「えっ、一杯だけ？」

驚く悠里に、ミチルはきょとんと目を丸くする。

「うん。さっき、来る途中に話したでしょ？　ここはノンアルコールメインのモクテル・バーだって」

そうだっけ……？

そういえば、「モクテルって知ってる？」と訊かれて「うん」と答えた記憶はある。「これから行くバーはモクテルが美味しいんだよ」とも言っていた、ような。ピッツバーグでの思い出に浸っているうちに、重要なことを聞き漏《も》らしてしまったらしい。

今日は酔いたい気分だったが、仕方ない。たった一杯というなら、とにかく濃いアルコールだ。

「じゃあ、ウイスキーのストレートをダブルで。バーボンがあれば……あ、あれでいいです」

並んでいたワイルドターキーのボトルを指差すと、マスターはのっそり頷いた。

「チェイサーは……」

「じゃあソーダください」

視線を感じて横を見ると、ミチルが目と口をぽっかり開けていた。

「悠ちゃん、すごい、バーのお客っぽい。ウイスキー飲めるんだ、かっこいいな……わたし今の仕事じゃなかったら、バーボンがウイスキーの種類だってことも知らなかったよ」

「アメリカ留学してたときに現地のバーボン飲んだからね」

忘れられないあの一杯――あれこそがまさに、代表的なアメリカン・ウイスキーのバーボンだった。

「何それますますかっこいい……わたしなんてその頃は完全に別のお酒だと思ってた、ていうかお酒だってこともわかってなかった気がする。何かしらのハードボイルドな単語ってイメージしかなくて、武器とかそんなんだと思ってたかも。バーってきて、ボン！　みたいな」

「それもうハードボイルドっていうか爆破オチのギャグになってない？」

ふと見れば、寡黙《かもく》なマスターが俯いて小刻みに肩を震わせていた。笑いを嚙《か》み殺し、あくまで会話に入ってこようとしない店主とは対照的に、八雲の方は「バーボンのお話ですか?」と声を弾ませ、蘊蓄《うんちく》の押し売りさえ始めてきた。

「バーボンと他のウイスキーはある意味、別のお酒といっても過言ではありませんよ。製法や原料の規定など中身の違いもありますが、そんな細かいことは知らなくても、一目でわかる明らかな違いがあるんです」

そう言って酒棚《バックバー》からバーボンと国産ウイスキーのボトルをそれぞれ取って、悠里の目の前に並べてみせる。

「ミチルさんはご存じだと思いますが……どうでしょう、おわかりになりますか」

「えっ、いやわたしもわかんないですよ」とミチルも覗《のぞ》き込んでくる。「見た目の違い?何だろう、色? こっちの方がちょっと、きもーち濃いような……」

「綴《つづ》りでしょ。ラベルの表記、こっちは『WHISKY』だけど、バーボンの方は『WHISKEY』って、Eが入ってる」

「あっ、あー! そうだ、知ってた! 知ってたのに、見た目って言うからぁ……けど悠ちゃんよくわかったね、さすが英語教師」

「お連れさまは英語の先生でいらっしゃいましたか。これはお耳汚しでございましたね、失礼いたしました」

「あ、いや私も何で違うのか理由とかは知らないんで、知ってるなら教えてください」

「そうですか？　そこまで仰《おつしや》るなら、僭越《せんえつ》ではございますが……」

ゴホン、と嬉しそうに空咳《からせき》を挟むと、男は淀《よど》みなく語りだした。

「ウイスキーの起源はいまだ明確になってはおりませんが、アイルランドが発祥の地として有力な一方、スコットランドこそウイスキー作りの本場だとの主張もあり、それぞれ綴りも『WHISKEY』と『WHISKY』に分かれました。茶道の表千家《おもてせんけ》と裏千家《うらせんけ》をイメージしていただくとよろしいでしょうか。バーボンに限ったものではありませんが、アメリカン・ウイスキーはアイルランドの流れを汲《く》んでいるので、アイリッシュと同じ『WHISKEY』。日本はスコットランドからウイスキー作りを学んだので、ジャパニーズ・ウイスキーはスコッチと同じくEのない『WHISKY』表記になったというわけです。世界的に見ても、多いのは『WHISKY』の方ですね」

ミチルは「知ってた」という顔で頷いているが、今思い出したというのが正直なところだろう。

「ウイスキーって奥が深いですよね。わたしもお酒が飲めたら飲んでみたかったなぁ」

その台詞で、悠里は今さら——本当に今さらながら気がついた。

「え、飲めたらって……ミチル、お酒飲めないの？　だって仕事……」

「あー、うん、そうなんだよね。まあ楽じゃないけど、それなりにやってるよ。今の会社に入ったから、このお店にも出会えたと思うし」

「そう……ていうかごめん、今の今まで知らなくって、よく飲み会誘っちゃってたよね」

「や、わたしもあんま言ってなかったし。てか悠ちゃんが謝ることじゃなくない？　飲み会とか誘ってもらえるのは嬉しいんだよ。ただみんなと同じようにビールで乾杯とかできないから、ちょっと気が引けるとこはあって……いつも断ってばっかりで、こっちこそごめんね」

「いやそれは構わないけど……別にビール飲まなくても、ソフトドリンクでも何でも気にせず好きなの頼めばいいじゃん。私だっていつも一人でハイボール飲んでるし」

「ハイボールはいいんだよー、でもジュースとか頼むのは何か違うのー」

「何それ意味わかんない」

つい呆《あき》れた口調で言ってしまったが、ミチルはなぜか嬉しそうな顔をしている。

そこにすっと、音もなくグラスが出てきた。

太くて短い脚《ステム》のついた、チューリップ型のテイスティンググラス。丸みを帯びた底に琥《こ》珀《はく》色のバーボンが輝いている。それからもう一つ、チェイサーの炭酸水は脚のないタンブラーグラスで提供された。

「チェイサーってさ、お冷《ひや》だけじゃなくてこういうのもアリなんだよね。同期で酒好きの子がいるんだけど、家飲みするとき牛乳をチェイサーにしてるって聞いて驚いちゃった」

ミチルの言葉に、どうも話し好きらしい八雲がまた生き生きとして加わってくる。

「牛乳の他にもお茶やコーヒー、さらにはビールをチェイサーにするという方もいらっしゃいますよ。基本的にはメインのお酒よりアルコール度数が低ければ何でもチェイサーになり得ますが、日本酒のチェイサーを『和《やわ》らぎ水』というくらいで、やはりお酒自体の味や香りを邪魔しない水か炭酸水であることが多いですけどね」

ミチルは「へー」と相槌《あいづち》を打ち、目を輝かせている。

私の授業もこのくらい夢中になって聞いてくれる生徒がいれば張り合いがあるんだけどな、などと場違いなことを悠里は考えていた。

「……ヴァージン・ピニャコラーダ」

ミチルには大きなグラスの飲み口ぎりぎりまで満たした、クリームイエローのシャーベットが出てきた。飾り切りされたパイナップルの実や葉、チェリーと食用花《エディブルフラワー》でデコレーションされて、目にも賑やかだ。

「じゃあ、久しぶりの再会に乾杯」

それぞれ軽く底を持ち上げてから、ミチルはストローを咥《くわ》え、悠里はグラスに直接口をつけた。

一口舐め、ああ、これだと鼻から息を吐く。

この茶色い香り。内側を焦がしたオーク樽《だる》で熟成された、バニラやドライフルーツ、ナッツのような甘く香ばしい複雑な風味。原料はトウモロコシと麦なのに、なぜかチョコレートのような後味まで残る。

どうしてこんなに色んな味がするのか、本当に不思議だ。これだからやっぱりお酒は神秘の水だと思う。毒にも薬にもなるが、悠里にはひと匙《さじ》の勇気を与えてくれる。

ふと隣を見ると、幸せそうな顔でピニャコラーダを飲んでいたミチルがストローから口を離した。

「悠ちゃん、ほんとにウイスキーの原液飲んでる……しかも心の底から美味しそうな顔してるし。いいなぁ、やっぱりかっこいいなあ。わたしもお酒飲めればよかった」

「シラフで誰とでも喋《しゃべ》れるミチルの方がすごいしかっこいいよ」

悠里が自分の意見をはっきり言えるようになったのは、あの日、あのバーで出された一杯のバーボンのおかげだ。

けれどミチルは、悠里が思ったことを口に出せない性格だった頃から今も、変わらず親しくしてくれている数少ない友人だった。

別にサークルやゼミが同じだったわけでもない。入学したとき第二外国語のクラスが同じだったというだけで、年次が上がるにつれ講義も被らなくなり、別々に行動することの方が多くなったが、不思議と付き合いが続いて今に至っている。

「んーでもここのマスターはわたしと喋ってくれないよ」

「マスターは誰とも喋りませんが、ミチルさんとはかなり会話をされている方ですよ」

「えっほんとですか?」

ミチルが事の真偽を確かめようとカウンターに身を乗り出すと、マスターはびくりと背を丸めた。それでもまだ高い位置にある顔を、ミチルはむむぅと覗き込む。

「いやそんな必死で顔逸《そ》らされたらちょっと傷つくんですけど……。八雲さん話が違う」

「おや、おかしいですね」

八雲の口元には、蘊蓄語りをしていたとき以上に愉快そうな笑みが浮かんでいる。

明らかにからかわれているあの青年が店主だというなら、こっちの紳士はいったいどういう立場なのか。いよいよ気になってきたところで、店主の店主たる攻撃力を持った反撃が繰り出された。

「時給、カットする……」

「そんなご無体な、ただでさえ低賃金で働いているのに……もっとアルバイトを大切になさった方がいいですよ。僕だって、いなくなったら案外困るんですからね?」

情けなく取りすがる八雲を、マスターがふんと前髪の奥から（たぶん）睥睨する。バイトだったんかい。

「けどさー話戻すけど、やっぱり学校の先生やれてる悠ちゃんの方がすごいよ。大勢の人の前で喋るわけじゃん？　そっちの方が度胸いるって絶対」

「いややれてるっていうのかな……緊張とかはないけど、やっぱ教師は向いてなかったと思うよ。正直ちょっと後悔してるし」

「向いてないなんてことないって。わたしは悠ちゃんが自分の先生だったらよかったって思うもん。生徒たちにも慕われてるんでしょ？　ユウちゃん先生って呼ばれてるんだっけ？」

「それは教育実習中の話。今となっては、そんなふうに呼ばれて浮かれてたのが黒歴史みたいなもんで……」

もともと教師に夢や憧れがあったわけじゃない。

教員免許も持っていれば何かのときに潰しが効くかな、くらいの軽い気持ちで教育実習に行ってしまったのが大きな間違いだった。

母校であり、今の職場でもある中学校へ実習に訪れた悠里は、信じられない体験をした。

休み時間ともなれば生徒たちが我先にと悠里を取り囲み、誰もが自分の名前を覚えてもらおうと、必死で悠里の気を引こうとした。

ユウちゃん先生、聞いて。そう言って何人もの生徒がちょっとした思春期の悩みや、好きな男子の名前なんかまで恥ずかしそうに打ち明けて、悠里を頼ってくれたのだ。

あのときたしかに、みんなが悠里のことを好きだった。悠里は生まれて初めて人気者になったのだ。

留学で孤独を味わった翌年のことで、なおさら人の好意が身に沁みたのかもしれない。

自分はきっと同年代や年上よりも、下の世代に好かれるんだ。この子たちは私を必要としてくれている……と、とんだカン違いをしてしまった。

翌年運よく母校に正式採用され、凱旋《がいせん》を果たした悠里を、誰も待ってはいなかった。

生徒たちから見向きもされなくなった悠里は、その年やってきた教育実習生に群がる教え子たちを眺めながら、ようやく理解した。この子たちが夢中になっていたのは私じゃない、退屈な学校生活をほんの一瞬横切ってゆく、流れ星のような存在にはしゃいでいただけだったのだと。

実習生の「ユウちゃん先生」は本物の教師になった途端「塩谷先生」に変わり、本人のいないところでは「塩谷」と呼び捨てにされている。知らないだけで変なあだ名も付けられているかもしれない。

教育実習生デビューの後《のち》、教員になって引退。あまりにも早い人気の凋落《ちょうらく》だった。

「……今なんか、週末に男にフラれたのをたまたま生徒に見られてて、噂が独り歩きして私は元彼のストーカーってことになってる」

ミチルは唖然《あぜん》として言葉を探している。話した悠里の方が気まずくなって、手持ち無沙汰《ぶさた》にグラスを呷《あお》った。

「ま、まあ、中学生の集団だもんね。一番想像力の豊かな年頃だし……？　けどアレだ、元彼？　と別れたこと自体に悠ちゃんが落ち込んでなさそうでよかったよ」

「落ち込むほど始まってもいなかったからね。付き合ったともいえるのかどうか……まあ、真剣になる前でよかったよ」

「あー……、うん、そうだね、ダメになるなら早いうちがいいよね……」

ミチルは胸に手を当てて、何か思い出したように複雑な顔をしている。最近似たような経験でもしたのだろうか。

「あ、悠ちゃんのグラス空じゃん。お酒は一杯までだから、次はいよいよモクテルだよ。さあ何飲む？」

「いや、私はもういい。ノンアルビールとかノンアルワインとかって飲む気しないんだよね、何か気の抜けたコーラみたいで……」

失言だと気づいたときにはもう遅かった。せっかくモクテル・バーに連れてきてもらったのに、こんな言い方感じ悪すぎだ。空気読めないにもほどがある。

間抜けで失礼な自分に、ミチルは「言い方！」と的確にツッコミをくれた。

「でも、こういう正直な悠ちゃんが好きだよ」

これだから、悠里もミチルが好きなのだ。

結局この日は一杯ずつ、ミチルがヴァージン・ピニャコラーダを飲み終えたところで店を後にした。

二人は駅のホームで、それぞれ上りと下り、反対の電車に乗る。

「じゃあ悠ちゃん、またね」

「うん、また」

発車メロディに急《せ》かされるように、ミチルは行ってしまった。すぐに別の列車が来て、悠里も乗り込む。車内は空《す》いていたが、たった二駅なのでドアの前に立つことにした。広告のステッカーが貼られたくり抜き窓の向こうで、夜の景色が右から左へ流れてゆく。

今日は久しぶりにミチルと会えて、楽しかった。

あのバーもなかなか居心地がよかったけれど、酒が一杯しか飲めないというのが……やっぱり、あれっぽっちのアルコールじゃ酔えない。

まだ冴《さ》えた頭で、ほんの少しの物足りなさを抱え、電車に揺られていた。

週が明けた月曜日。相沢は約束通り、髪を真っ黒に染め上げて登校してきた。

しかし今度は、別の問題が勃発《ぼっぱつ》してしまったのだ。

「あなたね、相沢真琴って子は」

下校前のＳＨＲ《ショートホームルーム》の時間。登校時に預かっていた携帯電話を返却し、受け取った生徒から各自クラブへ向かったり帰宅したりで教室を去り、あと数名を残したところだった。

突如教室に現れたスーツ姿の女は、校内に出入りするための保護者用名札ストラップを首に提《さ》げていた。名札には〈中島〉と印字されている。

「中島さんのお母さんですか、どうされました……」

なぜか自分の娘ではなく相沢の席へ向かった母親を呼び止めると、彼女は弾かれたように悠里を振り向いた。その眼光は鋭く尖っている。

「どうもこうもないですよ！　この子のせいで、うちの茉奈まで反抗的になってしまったんです。成績はいいっていうから色々目を瞑《つむ》っていたのに、茉奈にろくでもないことばかり唆《そそのか》して……それもこれも先生がちゃんと指導せずに、問題のある生徒を野放しにしていたせいじゃないんですか？」

「え……」

教室が騒然とする中、娘の茉奈が血相を変えて駆け寄ってきた。

「ちょっとママ！　いきなり何しに来たの、ありえない。もうやめて、恥ずかしいからさっさと帰ってよ！」

必死で追い返そうとする娘を無視して、母親は担任の悠里に食ってかかる。

「また伸びる髪の毛ならまだしも、とうとう耳に穴まで開けたんです。この調子でタトゥーでも入れてしまったら取り返しがつきませんよ、そうなったらどう責任を取ってくれるんですか？」

「えっ……中島さん、ちょっと見せて」

びくりと身を硬くした中島の耳元に手を伸ばし、ボブカットの髪を指先で払うと、たしかにそこには赤いファーストピアスが隠れていた。

「まったく、これだから新任の先生は頼りにならなくて不安だったのよ」

気づかなかった悠里の落度を責めた母親は、すぐにその矛《ほこ》先を相沢に戻した。

「あなた、本当に救いようのない子ね。茉奈のやさしさにつけ込んで、悪い道に引きずり込むのはやめてちょうだい」

呆然《ぼうぜん》と中島の母を見上げていた相沢は、その瞬間唇を噛み、憎々しげに彼女を睨み返した。

「何よその目は……育ちが知れるわ。茉奈、勉強だけできてもこんなに躾《しつけ》のなってない子とは関わっちゃだめよ、もうこっちから縁を切りなさい」

「もういいかげんにしてよ！　真琴は関係ない、あたしが勝手に開けただけなんだから。今時こんなのフツーでしょ、ピアスくらいみんなやってるよ」

「もういいよ、やめて茉奈」

相沢が立ち上がった、そのとき――――騒ぎに気づいたのだろう、隣の教室から学年主任の西田先生が駆けつけてきた。

そこから先はあっという間だった。ベテランの底力を見せつけるかのように、西田先生が母親を宥《なだ》めすかして校長室に連れていき、悠里は残りの生徒を帰してから、中島と相沢を校長室や職員室と同じ並びの進路指導室に連れていった。

相沢は放心したように黙り込んでいる。悠里はまず、中島にピアスを外すよう説得を試みた。すると。

「……どうしてピアスをしちゃいけないんですか」

おっ、と思った。

「ピアスの何がいけないんですか。大人は普通にやってますよね、今時こういうのって古すぎませんか、多様性が大事だって教えてるくせに、みんな同じカッコしろなんて変じゃないですか」

これこれ、こういう反応だ。中島の態度をある意味まっとうに感じながらも、悠里はこの学校の教員として模範的に答える。

「校則で決まっているから。定められたルールを守るというのも、あなたたちにとって必要な経験の一つです。それに身体を傷つける行為だから、お母さんも心配されたのでしょう」

「耳たぶにちょっと穴開けたくらいで、大げさなんですよ」

悠里はそこで、ふと思い出す。そういえばこの子には理由を訊いていなかった。

「中島さんは、どうしてピアスを開けたりしたの？」

眉を顰めて、中島が答える。

「したかったからに決まってるじゃないですか」

そりゃそうだ、と思った。

可愛いと思ったから、興味があったから。それ以外にどんな理由があるだろうか。

なのになぜ、自分は相沢の行動に理由を探そうとしているのだろう。

「中島さん」

ノックとともに、ドアの外から西田先生の声がした。

「お母さまがお帰りになるから、あなたも一緒に帰りなさい」

校長と話して落ち着いたのだろうか。とにかく今日のところは引き上げてくれるようで、悠里は内心ほっとしていた。

中島が渋々と立ち上がる。

「あ、中島さん、携帯。これあなたので間違いない？」

さっきの騒ぎで返しそびれていたスマートフォンを差し出す。仲良し二人組らしく相沢とお揃《そろ》いのスマホケースを使っているので、取り違えのないよう、この二台はいつも最後に回して、本人たちに確かめさせていた。

スマホを受け取ると、ぺこりと会釈して中島は出ていった。

「相沢さんにも忘れないうちに返しておくね」

相沢も軽く会釈をして受け取る。相沢の方が若干《じゃっかん》古びているというか、ケースに細かい傷や汚れが多く、くたびれているのが一応の見分ける特徴なのだが、毎回ちゃんと確認は怠《おこた》らないようにしている。

「……ディストレ好きなんだ？」

相沢は頷いた。

二人のスマホケースは自作のいわゆる推しケースで、クリアケースに『distORation《ディストレーション》』という邦楽バンドのジャケ写が挟まれている。

クラスの女子たちが夢中になっているのはアイドルやダンスボーカルグループが六割、ボカロ系や二次元が三割で、邦楽バンド好きというのは少数派だ。

それもこのバンド、人気こそ絶大だったけれどここ数年は活動していない、いわば消えたバンドのはず。残り一割を構成するこの二人が親密に——ともすれば閉じた関係になってしまうのは、自然のなりゆきだったのだろうか。

もしや、外見の変化はこのバンドの影響か？　そういえば何か不祥事を起こして消えたんじゃなかったっけ。

それとなく尋ねてみると、「ヴィジュアル系とかじゃないですよ？」と呆れたような目で返された。

「小さい頃親が聴いてて、それからずっと好きなんです」

なるほど。まあたしかに、もう流行《はや》ってないバンドの影響で今さら急に派手になるという方が変な気もする。

気を取り直して、悠里は話を元に戻した。

「髪は黒く戻してくれたし、最近は化粧もしてないよね。あとは、そのピアスさえ外してくれれば先生は何も言うことないんだけど」

中島の母に言われたことがさすがに堪《こた》えたのか、相沢は素直に「わかりました」と言うと、いきなりその場でピアスを抜き取った。

「ちょっ、何も今やらなくても……！　まだ傷も塞がってないんじゃない？　待ってて、今消毒液持ってくるから」

「いらないです」

「でも、化膿《かのう》でもしたら……」

「自分でちゃんと消毒します。これでもう何も言うことないんですよね。早く勉強したいので帰ります、塾に遅れちゃう」

たしかにこれで、相沢の校則違反は現状なくなった。

なのにこれで終わりという気がしない。まさかタトゥーまではやらないと思うが……中島の母に言われたことが頭に残っている。

「待って」

立ち去ろうとする背中に向かって、悠里は言った。

「何か……悩み事があるなら、先生に話してくれない？　相談に乗るから」

相沢は一度立ち止まったが、振り返ることなく進路指導室を出ていった。


中学生とは不思議な生き物だ。

教育実習生にはあんなに心を開くくせに、いざ本物の教師になった途端潮《しお》が引くように離れてしまい、警戒すらしてみせる。ほんの一年足らずで、悠里の何が変わったということもないはずなのに。


〈19：20〉

ターミナル駅の東口。繁華街の一角で、悠里はスマホの時計表示を見てため息をついた。

予定時刻を二十分過ぎた。もう連絡してもいいだろう。

「あ、もしもし西田先生ですか？　塩谷です。はい。ずっと待ってるんですけど、保護者の当番の方、お二人ともいらっしゃらないんです」

『本当？　はーぁ……。じゃあ役員さんに連絡してみるから、もうちょっとだけそこで待っててもらえます？』

「わかりました」

駅の西口には学習塾が多いが、数年前、その塾をサボって反対側の繁華街で遊んでいる生徒たちがいて問題になったそうだ。

そこで当時のPTA会長の発案により始まったのが、一ヶ月に二回の保護者と教員による繁華街の見回りである。正直言って、しちめんどくさくてたまらない。

それは保護者の方も同じようで、何だかんだと理由を付けて、あるいは理由すらなく当日バックレる保護者がたまにいるという話は悠里も聞いていたが……まさに今回がそれらしい。

気持ちはわかる。保護者は学校に雇われているわけでもないのに、くじ引きで強制された労働なんてまっぴらごめんだねと、そういうことだろう。

とはいえ教員の方もこれで残業代が出るわけでもなく、できることならやりたくない。

そんなわけで、悠里は西田先生に中島の母を宥めて場を収めてもらった恩を、ここで返す羽目になった。「次回の見回り、塩谷先生代わってくれますよね？」とくれば、断れるわけがない。

数分後、西田先生から折り返しが入った。体調不良で来られないそうなので、塩谷先生も今日は直帰してくださいとのことだ。一人で見回りをして何かあっては大変なので、こういう場合は中止するのが原則になっている。

ドタキャンするにしても連絡をくれればいいのに……。日頃校則を押しつけられ、ルールに従わされている生徒たちに比べて、大人は自由なものだ。

嘆息しつつ外した腕章をバッグに突っ込むと、悠里は駅を背にして歩きだした。せっかくここまで来たことだし、どこかで一杯引っ掛けて帰ろうと思ったのだ。待ちぼうけをくらった憂《う》さを晴らすのに、そのくらいしても罰《ばち》は当たらないだろう。

さて、どこに入ろうかなと歩いているうちに、記憶に新しい雑居ビルが目についた。

忘れもしない、この地下ダンジョンの入り口のような階段。上から覗き込んでみると、ドア横のウォールランプに明かりが灯《とも》っていた。営業中のようだ。

たった一杯しか酒が飲めないというのが難点ではあるが……今日のように一杯だけさっと飲んで帰るつもりなら、むしろ都合がいいかもしれない。

行くか、と足を踏み出しかけたとき、見慣れたセーラー服が視界を掠《かす》めた。

「えっ……相沢さん？」

振り返ったその人物は、悠里の顔を見て一瞬驚いたかと思うと、口の前に人差し指を立てた。

「は？」

わけがわからない。率直な声を上げると、相沢は慌ててこちらへ向かってくる。

「え、ちょ」

「先生、隠れて」

言いながら、相沢は悠里を押し込むようにして階段を数歩下りる。

夜の繁華街で、必死に身を隠そうとしている教え子――相沢の手を、悠里ははっしと掴《つか》んだ。

そのまま一気に階段を駆け下り、引き開けたドアの中に彼女を押しやる。自分は階段の上を窺《うかが》いながら尻から店内に入り、閉めたドアの内側に両手をついて、ふーっと息を漏らした。

教師の本能のようなものが、初めて働いていた。

「いらっしゃいませ」

「いらっしゃいませー」

背中に聞こえた声に、ん？　と違和感を覚える。おそらく先日もいたアルバイト店員、八雲の声と一緒に、女の声――それもやたらと聞き覚えのある声がしたのだ。

「あれ、悠ちゃん？」

振り返ってみれば、カウンターの中には先日と寸分違《たが》わぬ柔和な笑みを浮かべる八雲と一緒に、小さなドラム缶のようなものを抱えたミチルが立っていた。

「……ミチルもここでバイト？　転職したの？」

「いや違うから」錫《すず》色の缶をよいしょと置いて、ミチルは続ける。「ここ、もともと取引先のお店だって言ったでしょ。今日はお客じゃなくて仕事で、ビールサーバーの樽詰《たるづめ》届けに来てたの。ちなみにこれもノンアルなんだけど、本物の生ビールと遜色《そんしょく》ないらしいよ、わたしは本物が飲めないからいまいちわかんないけど。てか悠ちゃんこそ、どうしたの今日は？　その子……生徒さん？」

「あ……うん、そうなんだけど……」

悠里は首を捻って相沢を見る。

教え子をバーに連れ込むというのは、問題があるだろうか……しかし、どうも相沢は誰かから逃げているらしい。しばらくはここから出ずに、隠れている必要がありそうだ。バーとはいっても、ここは基本ノンアルコールの店。カフェに入ったのと変わらない、はず……うん、これはやむを得ない状況だ。とりあえずジュースでも飲ませて、何があったのかじっくり聞き出そう。

腹を決めた悠里は、ウェイターの八雲に向かって尋ねた。

「一杯だけ、いいですか。もちろん今日はお酒以外で」

何かを察したように頷く八雲に促され、悠里と相沢はカウンターの端に並んで座った。

その反対側、L字型の角の一席に、カウンターの中から出てきたミチルが腰を掛ける。

「ん？　ミチルは仕事で来てるんじゃなかったの？」

「その仕事がたった今終わったから、今からはわたしもお客さん。……あ、でももしかしてわたしお邪魔かな？　だったら帰るよ」

「え？　いや、えーっと……」

「いいえ、お気遣いなく。先生のお知り合いですよね？　わたしはもう少ししたら出ていくので、何なら先生とお二人で座ってください」

およそ中学生とは思えない応対に、ミチルは浮かしかけた腰を戻した。

「いやいや、そんな……すごい、しっかりした生徒さんだね。わたしは一人で勝手にやってますので、こちらこそお気遣いなく……」

ミチルは恐縮しているが、悠里は正直なところ、どこかほっとしていた。

これまで学校の進路指導室でさんざん二人きりの時間を作ってきたが、一度だって相沢が何かを語ろうとしてくれたことはない。

またいつものようにだんまりを決め込まれるのなら、この場にミチルがいてくれた方が、少しは沈黙の重苦しさも和らぐ気がしたのだ。

「それにしても、こんな時間まで配達してるなんてミチルの仕事も大変だね」

「まあねー。いや本当は大口の受注なら配送部のドライバーさんが届けてくれるんだけどさ、さすがにこんなチマチマした注文じゃ、わたしみたいなド新人には頼みづらいわけよ。仕方ないからこうして自分で仕事終わりに手持ちしてきて、ついでに一杯やって帰るっていうのがルーティン化してきた今日この頃で……」

「ミチルさんが担当になってこまめに配達してくださるようになったおかげで、より新鮮なお酒をお客さまに振る舞えるようになりました。ありがたい限りです」

「そう言ってもらえるとこっちもやりがいがありますよ、正直鬼畜発注だと思うけど。わたしもどうせ何もなくても飲みに来るんだし、ついでみたいなものです。鬼畜発注だと思うけど」

噂をすれば何とやら。カウンターの奥から、発注をかけている本人であろうマスターがのっそりと姿を現した。

「何か、すみません……」

「いいえ、仕事ですから気にしないでください。って言いたいけどもっと注文数増やしてください！　仕事ですから数字が必要なんですぅ」

カウンターにしがみつくようにして涙ながらに訴えるミチルに、マスターは大きな身体でたじたじと所在なさげにしている。

「えっと……何、飲みますか……」

「うう……じゃあ、今お届けしたノンアルビールで、さっそく一杯お願いします。ヴァージン・シャンディガフがいいかな……」

こく、と頷くマスターの姿を、悠里は意外な気持ちで見つめていた。

あの無口な彼が自分からオーダーを尋ねるなんて。前に来たときよりも、ミチルとのやりとりがほんの少し会話らしくなっているような気がする。単に話を逸らしただけかもしれないが。

視線に気づいたのか、こちらを向いたマスターはぴくりと身を強張《こわば》らせた。まじまじ見すぎたかと目を逸らした悠里は、隣を振り返る。バーテンダーも出てきたことだし、こっちも何か注文しなくては。

「えっと、相沢さん何飲む――」

見れば、相沢は惚《ほう》けたように顔を上げていた。ミチル以外にも客がいるというのに相変わらず挨拶もせず、枯れ木のように突っ立っている男をじっと見つめていたのだ。

「おまかせします……」

悠里には目もくれず、このバーテンダーの呼吸一つも見逃さないという意気すら感じる。

これにはさすがに見られている本人も居心地悪そうにして、困ったように悠里の方を向いていた。

「あー……、すみません。じゃあ何か適当に、おすすめで一杯ずつ」

そう注文すると、男は無言で頷いた。

あれ、でもそういえば……とまた悠里は思案する。ノンアルコールだとしても、『カクテル』って、未成年に飲ませてもいいんだっけ？

お酒じゃないし、ミックスジュースといえばそうなのだから、別に構わないか……まあ、このバーテンダーだって大人だ。きっと空気を読んでクリームソーダとかタピオカミルクティーとか、何かそういうのを出してくれるだろう。

そう結論づけると、悠里はあらためて、驚きを噛み締めるように隣を見た。

相沢の視線は今もべったりとマスターに張りついている。クラスの男子なんか眼中にないのはわかっていたが、やはり年上が、それもこういう男が好きなのか……。

悠里は胡乱《うろん》な目つきで、渦中の男を観察しはじめた。

襟元《えり》から覗く肌やシャープな顎《あご》は墨《すみ》色のシャツと対照的に白く、ずっとこの地下に潜っていて陽《ひ》の光を浴びたことがないのかと思うほど。健康的な感じはしないが色白細身な割に骨格はがっしりしていて、首筋は男らしく、掠れた低音を紡《つむ》いでいた咽仏《のどぼとけ》が目を引く。

言葉少なでも印象的なよく響く声は、ここから生み出されているわけだ。

グラスを選ぶ手元、体格に見合う長く骨ばった指を凝視していると、左手だけ指先の皮が厚く硬そうになっていた。バーテンダーはシェイカーやバースプーンなどで指にタコができると聞いたことがあるが、これがそうなのだろうか。

ボサボサの前髪をかいくぐるように目で追えば、隠れた顔の上半分も申し分なく整っているのが察せられる。猫背ぎみで姿勢はよくないが、スタイルがよく体格に恵まれているおかげで貧相には見えない。

……人によっては、「ミステリアスで素敵」と言うかもしれない。悠里のタイプではないが。

気を取り直すように咳払いをして、悠里は隣に向き直った。

「で、相沢さん。さっきのはどういうこと？　いったい誰から逃げていたの」

とにもかくにも、今は男に見惚《みと》れている場合じゃないだろう。声を硬くして言うと、彼女はようやくこちらを向いた。けれど、いつものように黙りこくって答えない。

「何か……危ないことに関わっているの？」

その質問には、はっきりと否定が返ってきた。

「先生が考えているようなことじゃないので、大丈夫です」

「だったらどういうことなの？　事情がわからないんじゃ、私だって匿《かくま》うわけにもいかないんだけど」

学校の外で、二人きり。小さなカウンターに肩を並べているこんな状況でも、教え子はまだその頑《かたく》なな心を開こうとはしてくれない。

そして悠里には、閉ざされた少女の心を解きほぐすようなやさしい言葉が出てこない。

何でもいい――無力感にひりひりする胃を、酒で鎮めたい衝動に駆られた。

そうだ、ここはバーだ。一杯だけでも酒を飲めば、少しでも酔えれば相沢との垣根も外れて、もうちょっとうまく話せるかもしれない――――って、いったい何を考えてるんだ。

また悪い癖が出たと、自分を引《ひ》っ叩《ぱた》きたくなる。

マッチングアプリで一瞬付き合った相手とのデートでも、会話が途切れるのが怖くて飲みすぎてしまい、結果フラれたのだった。そのくらいならプライベートのことだし笑い話にもなるが、生徒の前で酒を飲むのは、さすがにありえないだろう。

「本当に、大したことじゃないんです……すごくくだらないこと。くだらなすぎて、先生には聞かせられません」

悠里が顔を顰《しか》めていたせいか、相沢は言い訳めいた台詞を口にした。

「くだらなくなんかないでしょう。他人にはくだらないのかもしれないけど、あなたはたぶん困ってる。相沢さんにとっては大した問題なんじゃないの」

我に返って言うと、目の前の大きな瞳がよりいっそう見開かれた。

大人びた顔立ちでも、こうして見るとやはりまだ十三、四歳の少女だ。それだけに耳たぶに残った傷跡が痛々しい。

「………あの」

相沢は悠里の顔から、その肩越しにミチルへと視線を移した。

「そっちの人……」

「へ？　わたし？」

「塩谷先生の、お友達……なんですよね」

「ああ、うん、そう。悠……塩谷先生とは、大学で一緒だったの」

「もう大学生じゃないのに、仲よさそうですよね」

割と最近まで大学生ではあったのだが、中学生にしてみれば、社会人になった瞬間から学生とはまったく別の生き物に見えるのだろう。

「うん、まあね。けど卒業した後また会えたのはつい最近で、連絡したのも久しぶりだったよね」

よね、と同意を求める語尾に悠里も頷く。

「学校卒業しちゃうと、ほんと驚くくらいぱったりと会う機会なくなっちゃうよね。働いてると忙しいってのもあるけどさ、学生の頃と違って、お互いが会おうとしないと全然会えないものなんだよねぇ」

最後の「よね」はミチルの個人的な感嘆で、頬杖《ほおづえ》をついてため息まじりだった。

「そういうものですか……」

「うん、そうだよー。そう思うと、毎日当たり前に友達と顔合わせてたのって高校までだったよね。大学からはクラスの一体感みたいなのがなくなって、自分で動かないとすぐ取り残される感じだったし」

当時を思い出して、悠里もまた頷く。そういうとき――まさに入学まもなく一人で取り残されていたときに、ミチルが話しかけてくれたのだった。

「だから『高校の友達は一生』なんて言葉があるんだと思うけど、わたしは大学から上京したせいか、今も繋《つな》がってる高校の友達ってそういえばいないんだよね。それこそ上京してしばらくは上京組の数人でよく集まってたんだけど、飲み会断りまくってるうちに呼ばれなくなっちゃった……あ、でも悠ちゃんはずっと実家だし、今でも昔の友達と普通に付き合いあるよね」

「いや全然ないね。私そもそも友達少なかったたし。大学でいくらか飲み仲間はできたけど」

小さい頃は人見知りで、高校生になっても他人と話を弾ませるということが苦手だった。スピーチのようにあらかじめ文面を用意して臨む一方向の発言は平気なのだが、会話となるとうまくいかない。

学校では似たようなタイプの子と寄せ集めのように一緒に過ごし、それなりに付き合ってはいたが……やはり卒業した途端、ぷっつりと交流は途絶えてしまった。

今ミチルとこうして友達でいられるのは、無意識でもお互いの努力があったからなのだろう。その努力のうちには、飲めないミチルが無理をして飲み会に付き合ってくれていたのもあったのだと知れば、申し訳なくもあるが……。

「先生、友達いなかったんですか……」

「いやいないとまでは言ってな……ん……まあ、友達の定義によるかな」

教え子に自身のコミュ力の低さが露呈《ろてい》するという居《い》た堪《たま》れなさに、やっぱり一杯だけ飲んじゃだめかな……などとヤケになりかけたとき、黒ずくめのバーテンダーが視界を横切った。袖《そで》を捲った腕を伸ばし、相沢の前に出来上がったドリンクを差し出してくる。

「わぁ……」

沈むルビーの夕陽と黄昏《たそがれ》の空を思わせる、茜《あかね》色のグラデーションを閉じ込めたコリンズ・グラス。炭酸の泡が輝く日暮れの海に、墜落する星の軌跡さながら、くるくると螺旋《らせん》を描いたレモンの皮が飲み口《リム》から底にかけて浸っている。

――――なんてこった。これは見るからにザ・カクテル。中身はノンアルだとしても、未成年に出すもんじゃないだろう。

こめかみを押さえる悠里を余所《よそ》に、相沢はうっとりとして「きれい」などと無邪気につぶやいている。

「ちょっと、おまかせとは言ったけど……この子がまだ中学生だっていうのはわかってますよね？　まさかとは思うけど、お酒なんか一滴も入れてないでしょうね」

そう睨み上げても作った当人はうんともすんとも言わず、代わりに答えたのはウェイターの八雲だった。

「もちろん、こちらは完全なノンアルコールでございますのでご心配なく。ベースはレモンソーダ、鮮やかな赤い色はグレナデン・シロップというザクロの甘いシロップで、お酒ではありません。一九三〇年代のアメリカで生まれた有名なカクテル『シャーリー・テンプル』ですね」

その説明に、悠里はどこかで聞いた覚えのある名前だと思った。そう、名前。人の名前じゃなかったろうか。

「伝説的な女優にして天才子役の元祖、シャーリー・テンプルが名前の由来になっております。アメリカの天才子役というと現代では酒やドラッグに溺《おぼ》れてしまいがちなイメージもありますが、彼女は生涯道を踏み外すことなく、品行方正な『理想の少女』の象徴とされていました」

そうだ、古いフィルムの中でなお光り輝く、あの愛くるしい、天使のような巻き毛の少女。リスニングの訓練になればと古今問わず洋画を浴びるほど観ていた悠里は、『アルプスの少女ハイジ』の実写映画で主演したのが彼女だったと思い出した。

「日本でノンアルコール・カクテルといえば、何かしら飲酒できない事情のある大人のためのものというのが一般的な認識です。ですからたとえお酒が入っていなくとも、未成年がお酒に似たものに親しむのはよくないから飲ませるべきではないという考えもありますが……このシャーリー・テンプルは、親がお酒を飲むときに子どもも一緒に楽しめるようにと作られた、健全な子どものためのドリンクなんです。kiddie cocktail（子どものカクテル）という別名もあります」

「子どものための、カクテル……」

相沢はおずおずと両手を伸ばし、そっとグラスを取った。

ストローを咥え、まだ幼さの残る頰を凹《へこ》ませて茜色の海を吸い上げる。

「……甘酸っぱくて、美味しい」

ぽろり、つぶやきとともに涙がこぼれた。

驚いた悠里がおろおろしながらおしぼりを差し出したが、相沢は「大丈夫です」と冷静に制服のポケットから自分のハンカチを取り出す。

そうだ、相沢はこういう子だった。

髪を染めたりピアスを開けたりしても、いつもきちんとハンカチ・ティッシュを携帯しているような子。規則を破るのがかっこいいとか、いい子ぶって見られるのが恥ずかしいなんてことは思っちゃいない、そういう生徒なのだ。

「塩谷先生……わたしがこれを出されたのは、子どもだからってことですよね」

「え？　そりゃ、そうでしょ。あなたはまだ中学生なんだから」

何を当たり前のことを……と戸惑う悠里に、相沢は泣き笑いで続ける。

「子どものわたしの悩みなんて、大人の先生から見たら、くだらないかもしれないですけど……わたしは子どもだから真剣に悩んでるので、呆れないで聞いてもらえますか」

「相沢さん……」

しかと頷いてみせると、相沢は乾いた口を湿らせるように、もう一口シャーリー・テンプルを啜《すす》ってから話しだした。

「さっき、わたしが隠れたのは……茉奈から逃げていたからです」

「中島さんから?」

仲良し二人組の片割れ、中島茉奈。

どうして親友から逃げる必要があるのか……いつの間にか仲違いをしていたのか? わけがわからず、悠里は混乱してしまう。

「あなたたち、いつも一緒にいて仲もよさそうにしてたじゃない。このあいだだって、中島さんのお母さんの前でお互いを庇い合おうとして……」

相沢は切なげにかぶりを振る。

「わたしは庇おうとしたんじゃありません。茉奈が、真琴は関係ないって嘘を言うから……もういい、もうやめてって言おうとしていたんです。もう、わたしの真似をするのはやめてって」

「あなたの真似？」

相沢は俯いて、まるで恥を忍ぶようにカウンターの下で両手を握り締めていた。

「……最初は、話が合う子だなって思ったんです。音楽でも本でも、わたしが好きなものは何だって茉奈も好きだって言うし、茉奈が知らなかったものでも、わたしがハマってるって知れば興味を持ってくれて……ヘアピンとかペンケースとか、わたしとお揃いの物を買ってきたときも、初めのうちは親友の証《あかし》だと思ってました。けど髪型まで同じにされたり、わたしが着てたのとまったく同じ私服を着ているのを見たら……」

仲良しだからお揃いにしようと、同じ持ち物を持ったり、同じ恰好をするのは女子中学生の文化みたいなものだ。双子コーデを楽しんでいる生徒たちもいる。

けれどそれが相手の同意なく、片方の一方的な意志によって行われているとしたら、それは〝お揃い〟なんかじゃなく……。

「嫌だったんです、真似されるのが。別に意地悪されてるわけじゃない、茉奈がわたしを好きだからやってることだし、茉奈には茉奈の好きな恰好をする権利があるっていうのもわかるけど……とにかくわたしは嫌なんです。自分の境界線が奪い取られていくみたいで……どうしても、堪えられなかったんです」

そう言って、自分自身をかき抱くようにして下を向いてしまう。

「……そういうことはやめてほしいって、中島さんには話さなかったの？」

「話しました。最初は言いづらくて我慢してたけど、どんどんエスカレートしてくるからわたしも限界になって……いっそ茉奈から離れたくて、これで絶交になってもいいと思ってはっきり言ったんです。そうしたら……」

そこから先の話に、悠里は思わず顔を覆った。

一年生だった当時、相沢は担任だった西田先生に呼び出され、中島と仲直りするように言われた。中島の母親から、娘が友達にひどいことを言われて傷ついている、いじめではないかと電話があったというのだ。

相沢は包み隠さず事の経緯を話したが、西田先生はこう諭した。

中島さんはあなたと仲よくしたがっているのに、それを拒絶するのは可哀相《かわいそう》だと思わないのか。もう小学生じゃないんだから、「誰々ちゃんが真似した」なんて子どもじみたことを言うものじゃない。あなたは真面目で素直ないい子なんだから、お友達を無視するようなことはしないわよね――と。

それまで相沢が一人で堪えてきたのは、同級生に愚痴《ぐち》を言えばそれはそのまま悪口になってしまい、それこそ無視やいじめを誘発することになりかねないとわかっていたからだ。だから中立であると思っていた教師から事情を訊かれたとき、苦しかった胸の内をようやく吐き出すような思いで打ち明けた。

けれどその結果、自分の幼さを窘《たしな》められたのだ。

「もう三学期の終わりだったから、クラス替えまで我慢しようって決めました。あとちょっとだけ、わたしが我慢すればいいだけだって。なのに、また今年も同じクラスになって……」

悠里の中で、これまでの疑問が氷解していく。

だから今度は真似されないように、敢えて校則に違反することをしていたのか。真面目な中島ならそこまでして自分の真似はしないと踏んだのに、彼女の執着の方が上だった――いや、頭のいい相沢のことだ。それならそれで先日のように親や教師といった周囲の大人が騒ぎだし、外側から彼女と自分を引き離してくれればいいと期待していたのかもしれない。

「茉奈は何でもわたしと同じにしたがったけど、成績だけは真似しようとしてできるものじゃないから、これまで以上に勉強に力を入れました。高校は絶対に茉奈がついて来れないようなところに入ってやるって……たぶん、もう意地になってます」

相沢にとっては、それが最後の砦《とりで》だったのだろう。苦笑しているが、抵抗の仕方としては最も賢く本人のためになるいい方法だ。悠里は手を叩いて賞賛したくなった。

「けど……今日、わたしの通ってる塾に茉奈が来たんです。茉奈もここに通うことになったって。わたしと同じ先生の個人指導を受けたいから、どの先生か教えてって言われて、それで……」

その光景を想像して、悠里は思わずぞっとしてしまった。

「もう頭がパンクしそうになって、気がついたら塾を飛び出してました。けど、茉奈も追いかけてきて……夢中で駅の反対側まで逃げてきて、もう大丈夫だと思ったらいきなり名前を呼ばれたから、さっきはびっくりしちゃったんです。それでつい、隠れようと」

そうして、悠里とこの店に雪崩《なだ》れ込んだというわけだった。

……………悪酔いでもしたように、胃がむかむかしていた。

なんてこと。なんてことだ。

中学生が、正真正銘《しょうめい》の子どもが、子どもになれず、たった一人で悩み続けていたなんて。

「はぁ？　何その子、やばくない？」

出し抜けに声を上げたのはミチルだった。

「西田先生？　とかいう人も、一方的でひどいよね。そーんなクソババアの言うことなんかほっとけばいいよ！　相沢ちゃん何にも悪くないじゃん」

荒い鼻息がこちらまで届く勢いで怒っていたミチルだったが、やがてはっとしたように首を縮めた。

「あ……ていうかごめん、結局話聞こえちゃって、つい……」

助け船のようにタイミングよく出てきたヴァージン・シャンディガフを手に取ると、ミチルはそれで自分の口を塞ぐかのように飲みはじめた。

正直なところ、悠里には今の発言がむしろありがたかった。

完全なる部外者のミチルだからこそ言える——悠里にはさすがに口に出せないことを、

代わりにこうもずけずけと言ってくれたおかげで、胸のすくような思いがしたのは事実だ。相沢も、まるで迷子の子どもが親を見つけたような顔で目を潤ませている。

結局自分は何も言ってやれなかったけれど、ミチルがいてくれてよかった……そんなふうに思っていたとき、悠里にも飲み物が提供された。それを見て、あれ、と首を傾《かし》げる。

カウンターに置かれたのは、湯気で曇《くも》ったガラスのマグカップだった。相沢のシャーリー・テンプルとは別に、悠里にはホット・ドリンクを作ってくれたらしい。

熱く煮えた真っ赤な液体の中に、皮つきのオレンジと林檎《りんご》が沈んでいる。表面には小さな花の形をした褐色《かっしょく》のスパイスが浮かび、シナモンスティックが櫂《オール》のように突き出ていた。

「生徒さんにはザクロのグレナデン・シロップを使いましたので、先生にはザクロジュースを使ってこちらを作ってみました。ザクロのホットワイン風フルーツコンポート、とでも申しましょうか」

即興で作ったらしいものを、何で作ってないバイトがそこまで説明するのか……と思いもしたが、バーテンダー本人も頷いているので、解釈は完全合致しているらしい。何だかだんだん、八雲がハンサムな腹話術の人形に見えてきた。

「いただきます……」

「熱いのでお気をつけて」

皮つきの林檎と一緒に煮詰めてあるせいか、本当に赤ワインのような濃い色だ。そっとカップを傾け、ひとくち口に含んだ。

「――！　何これ……」

思わず顔をくしゃっと歪める。

見た目こそワインさながらとはいえ、中身はジュースと高《たか》を括《くく》っていたら……この強烈な酸味と渋み。スパイスの香りと、舌に残るえぐみ――お酒につきものの、クセのような味わいがずっしりと感じられる。

「ワインは言わずと知れた葡萄《ぶどう》の醸造酒《じょうぞうしゅ》ですが、葡萄ジュースは味も香りもまるで違う別物なのはご存じかと思います。ジュースでしたら、実はこのザクロジュースの方が赤ワインの味わいに近いのです。タンニンやエラグ酸などのポリフェノール、アントシアニンといった美容や健康によいとされる成分の多くも共通しております。これに八角《スターアニス》やクローブ、シナモンといったスパイスを加えると……」

アルコールは入っていなくても、本物のホットワインのようなパンチがある。同じザクロでも甘いシロップの味とは全然違う、これは大人のモクテルだ。

ジュースを迎えるつもりだった口には、目が覚めるような一発だった。

「……相沢さん」

ゆっくりとカップを下ろすと、悠里は隣に向き直った。

どうして自分にも同じものが出てくると思っていたのだろう。彼女は子どもで、私は大人だというのに。

「あなたが嫌な思いをして真剣に悩んでいるってこと、私から中島さんに伝えることはできるし、もしそれでまた中島さんのお母さんに何か言われても、そのときは担任として私がちゃんとお話しするから安心して」

悠里を見つめ返す瞳に、また透明な涙がじわじわと滲《にじ》んでくる。

「……けど、中島さんがあなたに憧れる気持ちは悪いものではないし、それを責めることもできない」

悠里が教師ではなく、相沢の親戚や、あるいは友達だったなら——きっとミチルと同じようなことを言っただろう。嫌だったよね、ありえないよねと同調して、相沢を慰めてやったはずだ。

けどそれはもしもの話。現実として悠里は教師で、二人の担任でもある。

「中島さんに塾を辞めさせる権利は誰にもないし、あなたもわかっているように、彼女があなたの服装やヘアスタイルを素敵だと思って、同じようにするのを止めることはできない。何をどうしたところで、中島さんはあなたの真似を続けるかもしれない」

真似されることを嫌がる相沢を子どもだというなら、真似をする中島も、また子どもだ。この子たちは生徒《こども》で、教師《おとな》の悠里が等しく守らなくてはならない存在なのだ。

「はい……わかってます」

相沢の動作は、頷いたのか俯いたのかわからなかった。

「でも、あなたが一人で我慢する必要はないからね。子どもは子どもらしく、嫌なことは嫌だって、何度だって泣き喚《わめ》いていいの。何も恥ずかしくなんかない」

この子が求めている言葉は、正解はこれではないのかもしれない。けれど今、悠里に伝えられるのは、この悠里自身の正直な気持ちだ。

「一人で抱えないで、言いたいことは言って。どんなことでも大したことじゃないなんて思わずに、つらくなったら私に相談してくれればいい。そうやって、頼ってくれたら……先生は嬉しい」

頼りないかもしれないけど、こんな自分でも、この子たちから見たら立派な大人のはず。だから遠慮しないで頼ってほしい。

口幅ったいような台詞も、お酒に似たお酒じゃないものの力のせいか、今夜は素直に言うことができる。

「塩谷先生……」

「それからこれは、私からあなたへのお願い。もう絶対に、自分の身体を傷つけるような方法は選ばないで」

　相沢は汗をかいたグラスを両手で握り締めて、こくりと頷いた。

「……今、先生に聞いてもらえただけで、少し気が楽になりました。それに、さっきの話……先生みたいに中学のあいだは本当の友達ができなくても、いつかこうして心を許せる親友ができるかもって思えたし」

　悠里はミチルと目を合わせる。親友——お互い確認し合ったことはないけれど、自分たちの関係を表現するのに、過不足ない言葉に思えた。

「もしできなかったとしても、少なくとも大人になったら、自分が好きじゃない人とは友達でいなくてもいいみたいだし。お互い会おうとしなきゃ会えないんですよね？」

「うん、そうだよ！　それに友達がいなくても、寂しくなったら、こういうバーに来ればいつでも話聞いてくれる人はいるんだから」

　いつの間にか、またミチルが話に入ってきているが……まあいいか、と笑いながら悠里はカップに口をつけた。

　少し冷めてしまったけれど、まだ充分に温かいホットワインが喉を通る。胸のあたりがとろんとぬくまって、肩に入っていた力がほぐれた。燃え上がる熱ではなく、温かいお湯に浸かっているようなぬくもりが、じんわりと身体に沁みわたってゆく。

カップをつまみ上げたまま、悠里は隣に肩を寄せてささやいた。

「ここで先生と飲んだことは、誰にも内緒ね」

相沢はもちろん、悠里もお酒は一滴も飲んでいない。

それでもなぜか、ちょっぴりいけないことをしているような、甘く密《ひそ》やかな気分になるのは……ここが隠れ家バー《スピークイージー》だからだろうか。

禁酒法時代、大きな声では言えなかった違法酒場《スピークイージー》。バーボン樽の中にいるような、狭く閉ざされたこのバーで交わした会話は、どこにも漏れることはない。

「はい。先生とわたしの、二人だけの秘密ですね」

目と目で頷き合って、二人はそれぞれのモクテルを口に運んだ。

人と急激に距離を縮めるには共犯者になるのが一番だ、という説があるが……バーで人との距離が近づくのは、そのせいなのかもしれない。

「じゃあ、ここだけの話で……ついでに質問してもいいですか」

「どうぞ、何でも訊いて」

「先生って元彼のストーカーなんですか」

ブッ！　と赤い汁がカウンターに飛んだ。おしぼりで拭きながら、どことなく不穏にこちらを見下ろすバーテンダーに目顔でごめんなさいをする。

「あのね、ストーキングするほどの関係じゃないって……あーこれこないだここで同じ話したばっか！　ていうか相沢さんまでそんな噂信じてるの？　嘘でしょ、みんな冗談半分で言ってるもんだと思ってたのに」

「冗談ですよ、誰も本気で信じてません。本当に人を刺したのなら捕まってなきゃおかしいじゃないですか」

「ちょっと待って誰が誰を刺したって」

くすくす笑う相沢に、生徒たちのあいだで自分に付けられているあだ名がないか訊いてみようかとも思ったが、怖くなってやめた。

「先生、ワインってどういう味がするんですか？　こっちはほんとに甘いジュースみたいな味だけど、同じザクロでもシロップとジュースじゃ違うんですかね。わたしも先生のそれ、飲んでみたいです」

すっ、と長い腕が遮《さえぎ》るように二人のあいだに伸びてきた。見れば、男はボサボサ頭を小さく横に振っている。

「本当はザクロジュースよりノンアルコールワインの方が当然ワインらしい味がしますし、もっとまろやかで飲みやすいですよ」

「あっ、そうですよ！　うちでもノンアルコールワイン扱ってるんで仕入れてください！」

ミチルの売り込みをマスターが華麗《かれい》にスルーするのを横目に、微笑を浮かべて八雲は続ける。

「お嬢さんは二十歳《はたち》になってからまたおいでいただけましたら、本物のワインだってお出ししますので、それまでの楽しみにとっておいてくださいませ」

相沢は言葉を出力する人形の方には興味がないようで、腹話術師の方を見上げて「はい……」とかしこまっていた。

悠里はそんな相沢にそっと耳打ちする。

「バーテンダーのお兄さんが気に入ったからって、ここにはもう来ちゃダメだからね。ここはあくまでもバーで、本来子どもが出入りするところじゃないんだから」

「ち、違います！　そんなんじゃなくて……」相沢は真っ赤な顔をぶんぶん振って否定する。「……でも、そうですね。わたしはもう、ここには来ません。言われた通り二十歳になってまた来るまでは、このお店のことはわたしの胸の中だけにしまっておきます」

ちらりとカウンターを盗み見る眼差《まなざ》しには、熱がこもっていたが……思慮深い相沢のことだ。きっとこの自らに課した誓いを守り抜くのだろう。

最初に言った通り、一杯だけ飲み干すと悠里は相沢を連れて店を後にした。

まだもう一コマ授業が残っているというので、駅の反対側にある塾まで送っていく。

「先生、あのお店っていつからやってるんですか？　あ、もう行きませんよ？　営業時間が何時からって意味じゃなくて、いつ頃開業したんだろうって……」

「さあ……私も最近さっきの友達に連れてってもらっただけで、そこまで知らないけど……どうしてそんなことが気になるの？」

歩きながら、相沢は悠里の目をじっと見上げた。

「……先生はわかってないんですね」

何が？　と尋ねたが、彼女は足を止めて「ここです」と言った。目の前のビル、三階の窓には通りに向けて学習塾の名前と進学実績が貼り出されている。

戻ればまた中島と出くわすかもしれないが、相沢は「もう大丈夫です」と胸を張り、悠里に背を向けて歩きだした。

中学生の友人関係は、複雑で難しい。逃げ場がない分、大人より厳しい世界だ。

自分の好きな相手とだけ友達でいられるのは大人の特権であり、だからこそ、大人の寂しさが相沢の目には救いと映ったのだろう。

きっと簡単ではないだろうけど……大丈夫じゃなかったら、そのときは私が彼女の逃げ場になろう。悠里はそう決めていた。

「あ、悠ちゃんも今帰り？　相沢ちゃん送ってきた？」

駅のコンコースを改札に向かっていると、反対側から歩いてきたミチルとばったり会った。悠里たちが店を出た後、少ししてからミチルも出てきたらしい。

「うん……あのさ、ミチル」

ん？　と眉が上がる。

「私と友達でいてくれて、ありがとう」

ミチルは数瞬ぽかんとしていた。

「……えっ、うん。こっちこそ、友達でいてくれてありがとう…………って、何？　うわ、何か恥ずっ……！　やー、何これ、顔熱《あお》くなってきたんだけど……！」

ほんのり染まった頬をぱたぱたと扇ぐミチルに、悠里はぷはっと笑いをこぼす。

「うん。私も今めっちゃ恥ずい」

マッチングアプリで『いいね』を押したときよりも、初デートを申し込むメッセージを送ったときよりも、勇気を振り絞って言った。今言えてよかったと思った。

「いやほんと何なの急に、あらたまって……照れるわ」

「ふふ、ごめんごめん。ミチルまだ時間ある？　もう一杯だけやって帰らない？　さっきの店に戻ってさ」

今飲んできたばかりだけれど……親友と二人で酌《く》み交わす一杯は、また格別だろう。

「いいけど、悠ちゃんお酒飲むよね？　普通のバーとか居酒屋の方がよくない？　あそこじゃほんとに一杯だけしか飲めないよ」

「いいの。今夜は私も、モクテルで乾杯したい気分だから」

「えーだってノンアルは飲む気しないって、この前言ってたじゃん」

「この前はこの前。ミチルが飲んでた、ヴァージン・シャンディガフ？　あれ美味しそうだったね」

ほら行こう、とミチルの肩を押して歩きだす。

もしかすると友情を維持するには、恋愛以上に努力が必要なのかもしれない。

大なり小なり相手に合わせる努力はきっと不可欠。だけど今は努力というより、同じものを一緒に楽しみたいと心から思っていた。

見せかけのカクテル――――モクテルも、案外心を酔わせてくれると知ったから。

Garnish:2

「いらっしゃいませ……おや、これは」

閉店間際、お見えになったのは当店で一番古いお馴染《なじ》みの方でした。

「まだラストオーダー間に合うかしら。もう閉めるとこなら帰るけど」

「水くさいことを」

夜は少々肌寒くなってきたこの時分。コートを脱ぐお手伝いをする僕に「ありがと」と片目を瞑《つむ》り、豊満な胸の谷間を見せつけるように身体《からだ》を捻《ひね》るので、目のやり場に困ってしまいます。

「ついさっきまでミチルさんがいらしてたんですよ。入れ違いでしたね」

「あらそれは残念。でもまたそのうち会えるでしょ、最近いつ来てもいるんだもの」

その彼女を最初にこの店に連れてきた張本人が、愉快そうに言っていつもの指定席に腰掛けます。

「あの子がいないと妙に静かな気がするけど、たまにはこうして私たちだけで昔話をするってのも悪くないわね」

「……昔話なんて、年寄りみたいに聞こえる」

カウンター越しに、この店の主《あるじ》が言いました。

「誰が年寄りよ。私よりちょびっと若いからって、余裕こいてんの？　ほんと腹立つわ、年齢《トシ》の話は嫌いなのに」

グラスを磨いていた彼の手が、ぴたりと止まり——その様子を見ていた僕も、薄手のコートを抱えたまま立ち尽くしてしまいました。

「やだ、なぁにこの空気……もー変な意味に取らないでちょうだい、レディに対して失礼でしょって、そういう話よ。じゃあそうね、レディの私はシンデレラをいただくわ。ここではサンドリヨンだったかしら」

オーダーが入っても、彼はその場を動こうとしません。

シンクに両手をついて、深く——深く俯《うつむ》いていました。

「良顕《よしあき》には、悪かったと思ってる……本当に」

謝罪の言葉はより深く、この地下のさらに奥深く、地中へと沈んでゆくように重いものでした。また彼にこんなことを言わせてしまったことを、僕は苦く思います。

子どもだった彼が背負うべき罪じゃない。責任は僕にあるというのに。

「もういいって言ってるのに、しつこいわねぇ」

ふっと吐息が漏《も》れました。

「私は今の暮らしが気に入ってるのよ。ああでもならなかったら、この生き方をするふんぎりもつかなかったかもしれないし……今では感謝してるくらいだわ」

身を乗り出すようにカウンターに頬杖《ほおづえ》をつくレディの言葉が、本心からのものであることを願わずにはいられません。

「それにあのときは私もちょっぴり、感情が昂《たかぶ》っちゃったっていうのかしら……つい手が出ちゃって、イケメンの奥歯折っちゃったものね。おあいこってことで」

「……あれは痛かった」

思い出したように左の顎《あご》を擦《さす》った彼は、ふっと泣き笑いのような声を漏らすと、ようやく電源が入ったようにバーテンダーとして作動しはじめました。

きびきびと、手際よくグラスを用意して氷で冷やし、フルーツをカットしていきます。楽譜《レシピ》通りに曲を奏でるような、リズミカルで無駄のない動きを眺めるレディの口から「それにしても」と感嘆の声がこぼれました。

「ちょーっと方向性は違ったけど、お互い水商売の道に進むなんて、ホント私たちちって気が合うのね」

そんな悪戯《いたずら》っぽい台詞《せりふ》が、彼を、そして僕さえも救ってくれていました。

しかし無邪気なその笑みは、ゆっくりと凶悪なものへと変化し――凄《すご》みさえ帯びた

のです。

「でも……もっかい昔の名前で呼んだら、反対側の奥歯も折るよ？」

長い前髪に覆《おお》われた額は、きっと青ざめていることでしょう。

対岸の火事ではありません。僕はひやりとしながら、そそくさとコートをハンガーに掛

けました。元来口数の多い僕《スピークイージー》こそ、発言には気をつけなければならないのです。

この大切な隠れ家で、守るべき秘密を守り続けるためにも。

3. 月曜日の治療薬

涼やかに流れる水の音。せせらぎの電子音を耳に聴き、まぶたの裏には陽光眩《まぶ》しいお花畑の世界を見る。

便器に顔を近づけるとき、千景《ちかげ》は自らのイマジネーションを開花させる。この苦しさや汚らしさを直視しても、ダメージにしかならないからだ。

だからその瞬間、千景はきつく目を閉じ、五感で受け取ったあらゆる情報をすがしいものに変換して、陽気におどけた想像をすることにしている。

愉快な私は今、口から万国旗を出しているのだ。さようなら、一度は私の内臓に触れ、互いの味を知った同胞《はらから》よ。グッバイ、アディオス・アミーゴス、再見《ツァイツェン》。

長いお別れを済ませると、レバーを引いて本物の水を流した。

手洗い場で顔を洗い、鏡を前にぴしゃりと頬《ほお》を叩く。

「ぷっはー、すっきりした。っしゃ、これでまた飲める」

今何時だ……と左の手首を持ち上げても目が霞《かす》んでいて、腕時計の小さな文字盤はぼやけていた。ブルゾンのポケットからスマホを取り出し、ゴシック体の大きな数字を読み取る。夜は長い、まだ時間はたっぷりある。

そのままスマホをしまうつもりが、うっかり未読の通知バナーに触れてしまった。展開されたメッセージに観念して目を落とす。

〈元気ですか？　全然連絡くれないけど〉

既読がつかなかったからだろう。その後一時間置きに吹き出しがぶら下がっていた。

〈相変わらずお仕事忙しいみたいね〉

〈お父さんも心配してるし、こっちに戻ってくるつもりはない？　田舎でも働き口がないわけじゃないから〉

〈とにかく体だけは大事にね。無理しないように〉

田舎の母から、定期的にくるアレだ。

別に無理はしていない。飲みすぎて居酒屋のトイレで吐き戻しているのは健康的とはいえないかもしれないが、こんなことは苦でも何でもないのだから。むしろ今、千景の脳内はアドレナリンでぶしゃぶしゃだ。

〈元気！　帰んないよ！　ごめん！〉と返したつもりだが、誤字脱字および誤変換についてはご容赦《ようしゃ》いただきたい。

ふいに頭上を轟音《ごうおん》が通り過ぎて、ここがガード下だったと思い出した。

そろそろ戻らないと、せっかく網にかかった獲物《えもの》が逃げてしまったら元も子もない。千景は手洗い場を出て、がやがやと賑わう店内を横切り、元いたカウンター席に座った。

「おっ、おかえりー。何だか遅くなかったかい？　大丈夫？」

「全然平気ですよ。ていうかトイレ長いとか思っても口に出しちゃダメですよー」

「はは、こりゃ失礼」

赤ら顔で笑う男の隣の椅子《いす》は、出張土産《みやげ》の菓子折が入った紙袋に占領されている。それを挟んだもう一つ隣の席の千景は、焼酎《しょうちゅう》の壜《びん》を持ち上げて「もう一本」と店員に伝え、そのまま壜の残りを自分と男のコップに注いだ。

「それで、さっきの話何でしたっけ。おじさんの同僚が嫌なヤツだって……」

「そうそう聞いてよ、やってらんないよほんとに。こっちは毎日地道に靴底擦《す》り減らして営業かけてるってのにさ、袖《そで》の下で仕事引っ張ってきて、とうとう俺の上司になっちまうんだから……正直者が馬鹿《ばか》見る世の中だよ、まったく。こんな話、地元じゃ誰が聞いてるかわかんないから愚痴《ぐち》も言えないんだけどさ……」

「うわぁ最悪っすね。たまたまここに居合わせたのも何かの縁、私でよければ話聞くんで、どんどん愚痴っちゃってくださいよ」

「そんなこと言って。女の子が一人でこんな飲み屋に来てるなんて、オッサンのおごりでタダ酒飲むのが目的でしょ～?」

「あちゃーバレてたかー」

「いいよいいよおごってあげる、その代わり遠慮なく愚痴っちゃうよ。若いお嬢さんにはつまんない話だろうけど……」

「つまんなくなんかないですよ。私、そういう話だーい好きなんで」

本心からそう言って、千景は男のコップにおかわりの焼酎を注ぎ足した。


それから一時間後。ガード下の居酒屋を出た千景は、その足で行きつけのバーに向かっていた。

あそこならまだ開いているし、客も少ない。他に誰もいなければキーボードの打ち込みもできる。さすがに焼酎を飲みすぎて頭がぼーっとしているので、記憶が薄れないうちに一刻も早く書き出しておきたかった。

小洒落《こじゃれ》た看板の立つ入り口から、見慣れた薄暗い階段を慎重に下りる。辿《たど》り着いたドアをくぐると、果たして店内に客の姿はなかった。

「いらっしゃいませ」

勝った。心の中で拳《こぶし》を握って、千景はいつものようにテーブル席を陣取る。

煉瓦《れんが》造りの壁に接した、二人掛けの小さなテーブル。その上でノートPCを開きながら
「グレープフルーツジュース」とウェイターに告げた。

「かしこまりました」

いざ、と画面に向かったものの目が霞んでいて、かけ忘れていた眼鏡を慌《あわ》てて取り出す。ラウンド型メタルフレームの眼鏡はしっかり度が入っているが、装着しても結局文字がぼやけて見えるのは、やっぱり飲みすぎたということなのだろう。

この絶好の穴場を見つけたのは一年ほど前。

深夜営業のバーでありながらノンアルコールがメインの店なので、もうこれ以上飲めないというときにも使える。かといって酒も出さないわけではないので飲みたいときは飲める上に、いつ来ても客が少ないから気兼ねなくPCを開けるし、他の客さえいなければ音の出るキーボード打ちもOKと許可も得ている。

正式にはモクテル・バーというらしく、ノンアルコール・カクテルをいただくのが本来望ましいとわかってはいるが……もともと甘い酒は苦手でカクテル自体にあまり手が伸びない千景にとって、酒ですらないミックスジュースなどは言うに及ばず。だから酒を飲まない場合は、苦くてすっきりしたグレープフルーツジュース一択だった。

「お待たせいたしました」

やがて運ばれてきたグラスに目もくれず、千景は高速でキーボードに指を走らせていた。

森山《もりやま》千景は、一応、新聞記者である。

一応というのは、まだ記事を書いたことがないから。新聞社に入って二年目にはなるが、最初の一年間はあちこちの部署を回り、今年ようやく正式に編集局所属となった。

これまで局内の雑用を一手に担《にな》ってきたが、先頃ようやく上司から「そろそろお前も書いてみるか」とお声がかかったばかりの、いわば見習いなのだ。

ずっとこのときを待っていた。いや、ただ待っていただけじゃない。まだ書かせてもらえないのは百も承知、それでも千景は祖父の教えに従い、密《ひそ》かにネタ探しを始めていた。

千景の祖父も新聞記者だった。県紙ではあったが、地方紙だからこそ事の大小にかかわらず悪を糾弾《きゅうだん》し、小さな不正も見逃さずに真実を暴いてきた熱血記者だ。

そんな祖父の手腕を遺憾《いかん》なく発揮するために、欠かせないのが酒という名の相棒だった。支社や支局に異動すれば、祖父はまず酒場という酒場を回り、飲んで飲んで飲みまくっていた。祖父曰《いわ》く、それがその土地を知る一番手っ取り早い方法なのだ。

骨の髄《ずい》まで新聞記者だった祖父は、休日だろうが深夜だろうが事件でも起きれば飛び出していくので、家族旅行もしたことがなければ、一人息子の学校行事さえ一度も来てくれなかったらしい。

家庭を顧《かえり》みないどころか家族さえ使う人で、赤ん坊だった父まで聞き込みのために酒場へ連れ出されたという。これも祖父曰く、子どもを連れていると相手の警戒心が薄まり、思わぬ話を引き出せるからだそうだが、そのために父をおんぶ紐《ひも》で背負ったままオムツも替えずに夜中連れ回したことを、祖母は祖父が亡くなった今でも恨んでいる。

父のお尻がかぶれ、祖母が激怒した事件以降この戦略は使われなくなったが、相変わらず酒は祖父の強い味方だった。

建前ではない、本音を聞きたい相手とは必ず酒を酌《く》み交わした。コンプライアンス意識のほぼなかった当時ならではの話ではあるが、所轄の警察署長さえも自宅に招き、頻繁《ひんぱん》に酒盛りしていたらしい。なお、これもいい迷惑であったと祖母はこぼしていた。

直接振り回された家族である父は新聞記者の仕事をよく思っていないが、千景は祖父に憧れていた。体質も祖父に似たのか酒に強い方で、限界に来たら吐いてリセットすることすら厭《いと》わない。

そんな千景は自分も記者になれた今、祖父に倣《なら》って酒場を練り歩いてはアンテナを張り巡らせる日々を送っていた。

今ではインターネットの噂話《うわさ》を参考にしたりSNSを使って裏取りするような記者が増えている中、千景のやり方は効率が悪く、古いと馬鹿にされるものだったが――ついに今夜、一つの情報が網にかかったのだ。

酒は人の口を軽くする。

――ネタは酒場に転がっとるんじゃい。

それが祖父の口癖だった。

「いらっしゃいませ」

ドアベルの音が鳴り響き、はっと振り返る。この頃よくカウンターに座っているのを見かける、若い女性客の来店だった。

他の客が来た以上、残念だけどここまで。潔《いさぎよ》くＰＣを畳んだとき、「あの」と声をかけられた。

「わたしのことならどうぞ気にせず、続けてもらって大丈夫ですよ。わたしは客のときもありますけど、お店の関係者みたいなものでもありますから」

「いいんですか？」

ウェイターの顔をちらりと見ると、彼はカウンターの中にいるバーテンダーの方を振り返り、小さく頷《うなず》くのを確認してから「こう仰《おつしや》ってくださってますので」と許可をくれた。

「どーも、助かります」

お言葉に甘えて画面を起こした千景は、作業を再開する前に、思い出したようにテーブルのグレープフルーツジュースに口をつけた。グラスはすっかり汗をかいていて、かなりの時間放置してしまったのは間違いないのに、中身は水っぽくなっていない。

秘密はグラスの中でごろごろしている、三日月形をしたグレープフルーツの房。添えられていた本来ジュースには不要なはずのロングスプーンで一つ掬《すく》って食べてみれば、芯のあたりがまだシャリッと冷たい。氷の代わりに、凍らせたグレープフルーツを入れてくれているのだ。

以前、新聞記事を読むのに夢中になっているうちにすっかり氷が溶けてしまったことがあってから、グレープフルーツジュースを頼むとこのスタイルで出てくるようになった。いつ千景が来るかもわからない、来たとしても酒を飲む日もあるのに、この房に剝《む》いたグレープフルーツの氷を常備してくれているのだ。

こういう店だから、モクテルを飲まない千景もつい足が向いてしまうのだろう。

案外よく人を見ている店主——はじめはバイトだとばかり思っていた若いバーテンダーが、実はこの店のマスターだった——は、とにかく無口だ。それを補うようによく喋《しゃべ》るウエイターもいるが、基本的に人が少なくてＢＧＭもかかっていない店内は、寂しいくらいに静かなことが多い。

そのせいか常日頃あらゆる酒場で耳をそばだてている千景も、ここではあまり店員や他の客と絡まなかった。酒場というにはアルコールの出番が少ない異質なバーだからこそ、ここでだけはゆっくりと心身を休めることができるのかもしれない。

　さて。気を取り直して続きを……と両手をキーボードに置いたが、とうとう目が限界を突破し、画面の文字が３Ｄさながら、ぐにゃぐにゃと立体的に波打って見えた。

　こりゃだめだ。と眼鏡を外し、ＰＣを閉じてデイパックにしまう。そのときまたドアベルが鳴って、もう一人女性客が入ってきた。

　ちょうど諦《あきら》めたところでよかったと思いつつ、千景はグラスを空けることに専念する。これを飲み終わったら帰ろう。

「あ、沙羅《さら》ちゃんこんばんはー」

　そう迎えられたのは、千景がここに通いはじめた頃からすでにこの店の常連だった、いかにも夜の蝶《ちょう》らしいセクシー美女だ。「沙羅ちゃん」と呼ばれた彼女はするりとコートを脱いでその肉体美を露《あらわ》にすると、先に座っていた女性客の隣に腰を下ろした。

「ミチルちゃんまた来てたの。ほんといつ来てもいるんだから、すっかりここの看板娘みたいじゃない？　ねえマスター、ミチルちゃんにもお給料出してあげたら？」

「えっ、じゃあ、お給料の代わりにお酒の発注で還元してもらえるとありがたいです！」

「そう言われても、酒はあんまり減らないし……」

「ですよねぇ……わたしもそれはわかっちゃいるんで……」

「あら、数がだめならうーんと高いお酒を仕入れてもらったらいいじゃない。要は売上が上がればいいんでしょ?」

「沙羅ちゃん天才」

「なるほど、その手が……」

「あの、マスター、真面目に検討しないでください。僕のお給料が出なくなります」

いつも静かなこの店――それが実のところ、この数ヶ月でかなり雰囲気が変わってきていた。

話しかけてもろくに返事もしないはずのマスターが、今カウンターの真ん中に座っている彼女が来店するようになってから、少しずつだが喋るようになった。

とはいえ誰とでもというわけではなく、彼女以外には相変わらず自分の声を聞かせまいとするかのように会話を拒み、必要最低限をぼそりとつぶやくにとどめている。

先刻彼女自身が言っていた通り、ただの客ではなく関係者のようなもの――どうもこの店に酒を納めている業者らしい――という立場の違いによるものかもしれないが……とにかくこれは、驚くべき変化だった。

「あらま。それじゃマスターは他の方法でミチルちゃんの心を繋《つな》ぎ止めておかないとね。お荷物の取引先じゃ、そのうち見向きもされなくなっちゃうわよ」

「いやわたしとっくにマスターのモクテルの虜《とりこ》ですよ?　その証拠にこうして毎晩のよう

に、お金もらうどころかこっちが払って飲みに来ちゃってるじゃないですか。ほんとは取引先としてもっとダメ出ししたり、強気の交渉したりしなきゃいけないのに……」

「ですってよ。せいぜい飽きられないように頑張らなくっちゃね」

「……、うるさい……」

含み笑いで完全にからかう調子のセクシー美女もまた、常連の中でも他の客とは違う、特別な立場の人間だと千景は睨《にら》んでいる。

業者の女が来るようになる前、おそらく唯一マスターと会話できた客がこの人物だ。ただしそれまでは、他の客がいるときには美女がどんなに絡んでもマスターは表向き無視していて、美女の方はその反応を面白がっている節があった。

果たしてどういう関係なのか、そこまではまだ摑《つか》めていないのだが……。

「あのう……ずっと気になってたんですけど、沙羅ちゃんとマスターって、どういう関係なんですか？　何ていうか、ただの常連客って感じじゃないですよね」

なんと、思わぬ援兵がここに。ド直球の質問を受け、美女の横顔には思わせぶりな笑みが浮かんだ。

「ふふ、どんな関係だと思う？」

業者女は首を捻《ひね》って考え込む。

「うーん、元……」

「元？」

「……元恋人！」

ガシャン！　とシンクに何か落ちた音と同時に、とにかく否定したかったのだろう、感情に声帯の起動が追いつかず暴発したような声が喉《のど》から出て、マスターは激しく咳《せ》き込んだ。

「えっ、違うんですか？」

「やあねーそんなに恥ずかしがらなくってもいいじゃない」

「……じょ、冗談でも、やめ……」

ゲホゴホと咽《むせ》るマスターを眺める美女は、完全に楽しんでいる。あの様子からしても、やはり二人のあいだに艶《つや》っぽい話は過去にも未来にも存在しないのだろう。

「えーじゃあいったい何なんですか、教えてくださいよ。八雲《やくも》さんなら知ってますよね」

「さあ、僕の口からは……」

困ったように微笑《ほほえ》むウェイターは最後まで口を割らず、結局その話は有耶無耶《うやむや》になってしまった。

せっかくいい流れだったのに、惜しかった……相当古い仲なのは間違いなさそうだが、どういう関係なのか推論を立てるだけの情報がない。何かもう少し、ヒントになるような会話でもあれば――

………はた、と。結局この店でも聞き耳を立てている自分に気づいて、千景は少しげんなりしてしまった。

身に染みついた習慣ではあるが……スクープの一本も取らないうちには、職業病ともいえないだろう。

まずは帰って寝てゲージ回復、それから今夜摑んだネタを形にしなくては。

ジュースを飲み干し、グラスに残ったグレープフルーツの最後の一房を口に放ると、千景は席を立った。

「役場の改修工事発注の見返りに百七十万のキックバック、町長が受け取っていた裏取れました。収賄《しゅうわい》です！」

意気揚々《ようよう》と報告する千景に、小野寺《おのでら》デスクは椅子の背凭《もた》れを軋《きし》ませ「小《ちい》せぇなぁ」とボヤいた。オフィスの禁煙化にいまだ身体《からだ》が順応しきれていないらしく、持て余した左手で膝《ひざ》の上をトントン忙《せわ》しなく叩きながら、右手で原稿を突き返してくる。

「小さくても面白けりゃいいんだけどよ、この記事で誰か笑えるか？」

「笑……まぁ、そういう話じゃないですけど、でも不正の証拠を掴んだんですよ？」

「あのな。お前新人か？　いや新人だけども、二秒前に配属されたばっかりか？　いいかげん自覚してくれた頃だと思ったから、お前も書いてみろって言ったんだけどなぁ」

上司の呆《あき》れ顔を見下ろしながら、千景は内心、やっぱりダメかと舌を出していた。

念願叶って入社した武州《ぶしゅう》新聞社は、関東ブロック紙ながら全国紙にも引けを取らない『武州新聞』を発行している会社だ。

だが千景が配属されたのは、武州〝スポーツ〟編集局。一般紙の『武州新聞』ではなくスポーツ紙の『武州スポーツ』の編集局であり、千景はその中のカルチャー班に属している。主に芸能ネタを扱うチームだ。

「不正の証拠ったって、億単位の疑獄《ぎごく》事件ならともかくよぉ。こんなネタじゃ一般紙の方に持ってったって相手にしてくんねぇぞ。とにかく、お前に求められてんのは芸能スクープなの。わかったら、ほれ、さっさと行ってこい」

言いながら小野寺デスクは目の前でスマホを操作する。ピコン、と千景のスマホに都内の会員制バーのマップが送られてきた。

「タレイア・プロダクションの小木《おぎ》さん、今そこで飲んでるって。お前相当いける口だったろ？　この商売、芸能事務所との日頃のお付き合いが大切だからな。しっかり盛り上げてこいよ」

「了解でっす！」

返事と同時に千景は飛び出していった。

ボツはくらったが、ダメ元だったししょうがない。祖父はサツ回りをしたけれど、自分は警察じゃなく芸能事務所を回る。そういう仕事だ。


案内された個室には、千景の他にもスポーツ紙や週刊誌の記者が数人集まっていた。

「この子、うちの新人女優なんですけど、実は大河内《おおこうち》監督の映画に出演が決まったんですよ。情報解禁の暁《あかつき》には、ぜひよろしくお願いしますね」

「よろしくお願いします」

さすが大手事務所のホープ、ツルツルお肌に小さなお顔。大きな瞳を細めてニコッと笑いかけられれば、女の千景もデレデレである。

しかし。やったるぞーと勇んで来てみれば、これではまるで、逆にこっちがもてなされているようだ。

まあ、スポーツ紙も週刊誌も、スキャンダルばかりを報じているわけではない。芸能事務所にとってはタレントの宣伝になるポジティブな記事も常日頃載せているわけで、たまにはこういうこともある。ただしタレイアと武州スポーツの関係は、過去に看板俳優の薬物使用疑惑をスッパ抜いたことで険悪になっていると聞いていたのだが。

そろそろここらで仲直りしとこうかと、先方から歩み寄ってくれたのだろうか。ベテラン広報の小木氏もなかなかの曲者《くせもの》と聞いていたが……。

「はあ、私今日は飲みすぎたみたいです。酔っぱらっちゃって、うっかり変なことを言ってしまいそう……」

たしかに量こそ飲んでいるが、小木氏は顔色一つ変えずに、さっきからそんな台詞《せりふ》を繰り返している。酔っぱらってる奴が酔ってないですよーと言う逆バージョンだなと千景は思っていた。

「これはここだけの話ですよ。今日来てくださった、あなた方だけにお話しするんですけど……」

雁首揃《がんくびそろ》えた記者たちの顔を舐《な》めるように見回して、彼女は語りだした。

店を出るなり小野寺デスクに電話を入れた千景は、暗い声で報告を終えた。

小木氏がやたらと回りくどく語った内容を要約すると、ある人気女優が既婚の有名俳優と不倫しているという話だった。ご丁寧に、今からここで張っていれば明日の朝には写真が撮れるだろうという場所までご教示くださったのだ。

これが本当なら大スクープだが——そしておそらく本当なのだが——この情報提供を素直に喜べない理由は、その人気女優というのが、タレイアから円満とは言いがたい経緯で退所・独立していたからだ。

「これって、明らかに報復ですよね。こんなネタまんまと載せてたら、私たちまるで大手事務所の御用記者みたいじゃないですか。私、書きたくありません」

電話の向こうに、デスクが至急カメラマンを向かわせる声が聞こえた。他にも次々に指示が飛び、たっぷりと待たされた後、ようやく千景に返ってきたのは深いため息だった。

『あのな……この話聞いたのは森山だけじゃない、余所《よそ》の記者もいたんだろ。うちだけ載せなきゃ特オチになる、載せないって選択肢《し》はない。つうかこんなデカいネタ、いきなりお前なんかに書かせるわけねぇだろが馬鹿者《バカモン》。あとはこっちで引き継ぐから、お前はもう帰って寝ろ』

ほとんど呆れ笑いだった小野寺デスクは、一転声を引き締めて続けた。

『森山。清濁併《せいだくあわ》せ呑《の》む覚悟がねぇんだったら、記者なんか辞めちまえ。だいたい書く書かないの決定権があんのはな、自分《てめぇ》で摑んだネタだけだ』

「デスク……」

千景は喉をぐっと鳴らした。

「…………今の、めっっちゃ心に響きました。ですよね、偉そうなこと言うのは自分一人で特ダネ摑んでからにします！　目が覚めました」

『お、おう……俺はお前のその切り替えの早さを気に入ってんだけどな、たまに早すぎて、こっちがついていけないときあるわ』

そこもうちょっと葛藤《かっとう》してくれてもいいんだぞ……？　と言われても、うだうだ考えて時間を浪費するのは千景の性に合わない。

『じゃあとにかくお疲れさん。一応携帯だけすぐ出れるようにしておけよ』

「はい、お疲れさまでっす！」

さて。帰って寝ろとは言われたが……まだ気が昂《たかぶ》っているのが自分でもわかる。今ベッドに入っても、どうせ眠れないだろう。

こういうときに千景の足が向くのは、もちろんいつものあのバーと決まっていた。

「あ、こんばんは。このあいだはどうも」

店に入った千景はカウンターの先客に会釈をした。今夜は業者女こと、いつもの常連客兼関係者の彼女が先に来ていたようだ。

「こんばんは」彼女は両手の指を動かすタイピングのジェスチャーをする。「今日も大丈夫ですよ。今のところお客さんもわたしたちだけですし」

「いえ、今日は飲みに来ただけなんで」

片手を上げて遠慮と感謝を示しつつ、千景は自分の定位置であるテーブル席に座り、テキーラのショットをオーダーした。

さっきの店では飲み足りないとまでは言わないが、気持ちよく酔えなかったのは事実だ。中途半端に酒が入って不完全燃焼の身体には、一発カーッとくるやつをぶち込んでスッキリするに限る。

ほどなく出てきた小さなグラスをつまみ持つと、ぐいと一気に呷《あお》った。無色透明の炎が食道を焼きながら胃に落ちて、青臭い苦味が口に残る。

これこれ、これだ……と頷きながら一息ついたとき。ふいに、ぐにゃ……と脳みその輪《りん》郭《かく》が歪み、二重三重にダブっているような感覚に襲われた。

あ、あれ？　私がこのくらいでこんなに酔うはずが……と戸惑う千景は、そこでようやく、自分が本調子でないことに気がついた。

よくよく思い返してみれば……件《くだん》の収賄事件のネタを摑んでからというもの、その裏取りに熱中するあまり、ここ何日かまともに寝ていなかったし、ちゃんとした食事も摂《と》っていなかった。寝食をおろそかにしてアドレナリンだけで動き回っていた身体を、アルコールでトドメの空焚《だ》き状態にしてしまったようだ。

これはちょっと、さすがに中和しないとまずい。水でももらおう——そう思ったとき、千景の元にもう一つ、小さなグラスが運ばれてきた。

明らかに水ではない、不透明な赤い液体。

「え？　これは……」

「サングリータでございます」

優雅にお辞儀するような動作で、そっとテーブルに置かれる。

「テキーラといえば塩を舐めてライムを齧《かじ》るというイメージですが、本場メキシコでは、このサングリータをチェイサーにするのも伝統的な飲み方でございます。フレーバードワインのサングリアと名前が似ているのは、どちらもこの色からスペイン語で『血』を意味する『sangre《サングレ》』を語源にしているためですが、中身はまったく異なります。サングリータの方はワインではなく、トマトジュースにオレンジジュース、ライムジュースとウスターソースやタバスコなどなど……店や家庭によってレシピはさまざまですが、とにかくお酒ではございません」

うげ、とつい声を漏《も》らしそうになる。

ありとあらゆる酒場を飲み歩いてきただけあって、千景もサングリータの存在だけは知っていた。だがこのカオスともいうべきジュースと調味料のごちゃ混ぜな液体を、実際口にしたことはない。千景にとってテキーラは何杯飲まされても罰ゲームにならないが、こちらを飲めと言われたら結構いいリアクションをしてしまうと思う。

千景の微妙な反応を察してか、ウェイターが続ける。

「飲料メーカーなどによる研究で、トマトには血中アルコール濃度を下げる働きがあり、トマトジュースと一緒に飲酒をすると酔いの回りが緩やかになって、酔い覚ましにも効果があるという報告がされています。オレンジ果汁もアルコール代謝を促進するとのことですので、サングリータはチェイサーとして理想的な、最強の悪酔い防止ドリンクといえるかもしれません」

……そんな話を聞かされると、味はともかく、今まさに危険な状態に陥《おちい》っている千景には心惹《ひ》かれるものがある。

「へー、サングリータ。知らなかったなあ」

呑気《のんき》な声を出したのは業者の彼女だった。

カウンターとテーブル席とはいえ、店自体が狭いので距離はなく、背中合わせのようなもの。ウェイターの説明は当然彼女の耳にも入る。

「何かそれって、あれですね。チェイサーって言ってましたけど、これも一つのモクテルみたい。ノンアルコールで、色んなものを混ぜてて、たくさんの工夫が詰まってる」

ウェイターが同意するように微笑んだ。

「わたしも飲んでみたいな。マスター、テキーラは飲めないですけど、あれだけわたしにももらえますか？」

カウンターのバーテンダーはこくりと頷き、すぐに同じものを彼女にも出した。

「わーい、いただきまーす」

嘘《うそ》でしょ、酒もなしにこんなの喜んで飲んでるよ。

信じられない思いで眺めていた千景だったが、彼女の飲みっぷりに、むしろ勇気をもらった。

多少変な味だとしても、酔い覚ましになるみたいだし、藁《わら》にもすがるつもりで飲んでみるか。これもショットグラスでわずかな量だ、一気に飲み干してしまえばいい。

よし、とつまみ上げテキーラと同じように呷ったが、いかんせんどろっとしているので、どうしても口に残る。そして一斉に味覚が刺激された。

塩気も酸味も辛みも甘みまでもあって、何もかもが濃く、味がやかましい。けど——意外とイケる。

柑橘《かんきつ》のおかげか不思議と後味はさっぱりして、テキーラの青臭い苦味と熱が中和され、舌に残った旨味《うまみ》を黒胡椒《くろこしょう》の香りがぴりっと引き締めてくれる。

またちょっと酒が欲しくなるような——むしろ酒と交互に舐めたくなるような——うん。ジュースと考えたから抵抗があったが、フルーティーなサルサソースをつまみにしていると思えば、むしろ。

「あ、これ普通に美味《おい》しい」

カウンターから聞こえた声に、千景の心の声がぴったり重なった。

「普通に……」

しかし作り手のバーテンダーは褒められたにしては複雑そうな反応だ。

「あ。もしかしてマスター、『普通に』は失礼論者ですか？　いやよく考えてくださいよ、だってこれって本当はテキーラのチェイサーなんですよね？　でもわたしテキーラ飲んでないのに、これだけ飲んでも美味しかったんですよ？　条件悪くても『普通に』美味しいって、むしろ多めに讃えてるじゃないですか」

「ああ……まあ……そう言われると……？　どうも……」

「とはいえマスターのモクテルはどれも普通じゃなく絶品ですけどね。どうしてこんなに美味しいものばっかり作れるんですか？　やっぱお料理も得意なんですかね？」

「まあ……嫌いでは、ないけど……」

「料理の腕前もなかなかのものですよ。設備やその他諸々《もろもろ》、もう少し余裕があればフードを出してもいいと思うんですが……僕はからきしなのでお手伝いもできませんし」

「えーもったいない。でも食材増やすとコストもかかりますしねぇ……ここはただでさえモクテルの原価やばそうだし。ああでも、瀧川《たきがわ》シェフのお料理も食べてみたかったなぁ」

ほとんど微笑ましく彼らの会話を聞いていた千景は、おっと思った。

タキガワというのか……マスターの名前は初めて知った。

本当に彼女が来るようになってからというもの、毎回のように新しい発見がある。

知らなかったことを知れるというのはそれだけで千景にとって刺激的だが、何より喜ぶべきは、こうして彼女のおかげで耳にするようになったマスターの声というのが、普通に……いや、普通じゃなく美声だったことだ。少しハスキーなのによく響く低音に、初めて聞いたときは驚いてカウンターの方を二度見したものだった。

この印象的な声を聞かせるのが嫌で、あまり客とは話さなかったのだろうか。

だとしたらもったいない。こんなにいい声、いつまでだって聞いていたい。それこそお金を払っても惜しくないほどだ。歌でも歌ってくれたら、サブスク派の自分でもCDを買っちゃうくらい……

はた、と固まった。

千景は顔を上げ、ぽっかり開けた口と両目をマスターの方に向ける。

この印象的な低い声。タキガワ……瀧川……………CD、買えるんじゃない……？売ってたんじゃない？

自分のポケットの中から引ったくるようにスマホを取り出すと、検索バーに思いついたキーワードを打ち込んでいく。

〈瀧川　バンド〉

焦りで何度もミスをしながらこの二つを入力した時点で、残りのキーワードは勝手に出てきてくれた。曖昧《あいまい》な直感が、たしかな形を持った仮説へと変わる。

自分を落ち着かせるための一呼吸を挟むように、緩慢な動作で眼鏡をかける。クリアになった文字列の中から、最上段の検索結果をタップした。

〈瀧川和泉（たきがわいずみ、別名義：I《アイ》）は、日本のミュージシャン、シンガーソングライター。バンド『distORation《ディストレーション》』のボーカル、ギター、キーボード担当であり、すべての楽曲の作曲を手がける。

幼少期からクラシックピアノを学んでいたが、兄の影響で小学五年生からギターを始め、中学から作曲を開始。その後兄である瀧川潤《じゅん》、潤の友人だった雨宮良顕《あめみやよしあき》らとともにバンドを結成し、和泉が高校二年生のときにメジャーデビューを果たした。

当初は和泉の「学校で冷やかされたくない」という思春期らしい意向からメンバーはイニシャルのみを名乗って活動、メディア露出も避けていたが、実兄の潤が本名を公表・顔出ししたことでIの身元も明らかになってしまった。これをきっかけにメンバー全員が活動名義を本名に切り替え、潤と良顕の二人は積極的にメディア活動を開始したが、和泉の素顔だけはその後も公開されていない。〉

そう――顔を知らないから、声だけでも、タキガワの名前だけでもきっと気づけなかった。よほどコアなファンでもなければ、まずわからないだろう。

けれどこの二つの要素に加えて、現在はモデルとしても活動している兄と見比べれば……おそらく間違いない。彼は、『SOBER《ソバー》 CURIOUS《キュリアス》』のマスターは、瀧川和泉だ。

顔自体は兄と似ているかどうか判じられるほど見ていないが、あの恵まれた体型はまさしく遺伝子のなせる業《わざ》だろう。

ディストレといえば、九年前のデビュー以降立て続けにヒットチャートを席巻《せっけん》、ＣＤが売れなくなったといわれる時代にミリオンを達成した驚異的なアーティストだった。わずか二年の活動期間だったにもかかわらず、今でもカラオケの定番になっている曲のタイトルを千景も三つは挙げられる。

それほどのバンドがたった二年しか活動しなかった……いや、できなくなった原因を作ったのが、この瀧川和泉だったのだ。

その事件が起きた当時、彼は十九歳。人気絶頂だったそのとき、週刊誌にスクープされたのが――瀧川和泉の未成年飲酒だった。

〈本人および所属事務所は事実を認めて謝罪。『distORation』は一年間の活動停止を発表したが、その後活動は再開されることなく、現在に至っている。〉

事実上の解散。

今でも多くのファンがディストレの活動再開を待ちわびているが、戻ってきたのはベースと作詞を担当していた潤ただ一人。それも作詞家として他アーティストに細々と歌詞提供をしているだけで、音楽活動よりもモデルの方に軸足を置いている。

事件の張本人である和泉だけでなく、ギリシャ彫刻のような彫りの深い顔立ちと鍛え上げられた肉体美で女性人気と男性の憧れを集めていたドラムの良顕も、その後一切表舞台に姿を現すことなく、消息すら杳《よう》として知れなかった。

そのディストレの、瀧川和泉が、まさかこんなところにいたなんて。

未成年飲酒で姿を消したかつての若き天才ミュージシャンが、よりによってバーのオーナーになっていたとは――ただしそれがノンアルコールのカクテルを出すモクテル・バーというのは、過去に起こした事件と無関係ではないのだろう。

……………ぞくぞくと、武者震いがしてくるのを感じていた。

偶然ではあるが、千景は芸能記者にとってとてつもない鉱脈を掘り当てたのだ。

じいちゃん。本当に、ネタは酒場に転がっとったよ。

ごくり、喉が鳴る。生唾《なまつば》と一緒に逸《はや》る気持ちを飲み込むと、千景はスマホをブルゾンのポケットに戻した。それからゆっくり席を立つと、興奮を押し隠し、できるだけ自然な態度でカウンターの彼女に話しかける。

「サングリータ、美味しいですよね。今日は私もこっちでご一緒してもいいですか？　いつもご挨拶《あいさつ》くらいで、ちゃんとお話ししたことなかったので」

「もちろん！　どうぞどうぞ、ここ座ってください」

どうも、と隣に腰掛ける。首尾よくカウンターに——ターゲットの目の前に移動成功。ウェイターは一瞬戸惑った顔をしていたが、彼女が歓迎している以上、戻れとも言えないはずだ。

これまでの様子から察する限り、おそらく彼女はマスターの正体に気づいていない。だが従業員であり、会話を避けるマスターのフォロー役にもなっているこのウェイターは当然すべてを知っているだろう。警戒されず懐《ふところ》に入り込めるのは彼女しかいない。

「ミチルさん、ですよね？　すみません、いつも周りの方とお話ししてるのが聞こえて。私は千景っていいます」

まずは距離を縮めようとこちらの名を明かすと、彼女は隔意《かくい》のない笑みで「千景さん」と繰り返した。

「ミチルさんはここのお客さんだけど関係者でもあるって、このあいだ……」

「あ、はい。卸《おろし》会社で働いてて、こちらにお酒を納めてるんです。関係者というか、正確に言うと、こちらのお店がわたしのお客さまですね」

知ってる。けど知っていることを敢《あ》えて尋《たず》ねて、会話を積み重ねてゆく。

その後も既知のことばかり二、三話題にして、回り道をしながら本当に訊《き》きたい話へと徐々に近づいていった。

「やっぱりただの常連客と違って、ミチルさんは色々とご存じですね。一年通っても、私なんか知らないことばかりだったなあ。そういえば、このお店っていつからやってるんですか？」

自然な感じでカウンターのマスターに――瀧川和泉に――尋ねてみたが、予想通りスルッと無視された。そしてこれもまた予想通り、ウェイターのフォローが入る。

「おかげさまで、まもなく丸一年を迎える頃でございます。お客さまには開店直後から御贔屓《ひいき》にしていただいておりますね」

「え、そうだったんだ。初めて来たときオープン直後だったとはわからなかったな、開店祝いの花とかも置いてなかったし……ちなみにこのお店やる前って、何やってたんですか？」

またカウンターに向かってあくまでも何げないふうに尋ねながら、注意深く男の全身に目を配る。左手だけ指の先端の角質が厚くなっているのを発見して、千景は答え合わせをしている気分になった。あれはきっと、ギターでできたタコの名残《なごり》だ。

「ここは以前もバーでございました。もっとも当店とは違って一般的な、お酒を出すバーだったようですが。居抜き物件なので内装も新しくはなかったですし、特に開店イベントなどもいませんでしたので、お気づきにならなかったのも無理はないかと」

ふたたび横から入ったウェイターの返答は、単なるフォローのようでいて、千景をうまくいなすものだった。場所《ハコ》の話ではなく、彼がこのバーを営む前にはいったい何をしていたのか、それを問うていたのだが……おそらくわかっていて、敢えて話を逸らしてきたのだろう。

ならばと、今度は直球を投げつけてみる。

「へー。でもすごいですよね、この若さで自分のお店を持つなんて。居抜きとはいっても結構な開業資金がいりますよね？　一年続けるのだって大変なことだし、どこからそんなお金が出てきたのか気になっちゃうなー」

こんな人付き合いもまともにできなさそうな若者がオーナーだと聞けば、大半の人間が抱く疑問だろう。アーティストとして一財産を築いているはずの瀧川和泉ならば、小さな店の一つや二つ維持していくのは造作もないことだろうが。

「ち、千景さん」

隣から震え声が聞こえて、ん？　と見れば、なぜかミチルが青ざめた顔で口をぱくぱくさせていた。

「だ、だめですよそこは、詮索《せんさく》しちゃ……」

　やっぱり彼女も知っているのかと一瞬疑いかけたが、どうもマスターのためというより、千景の方を心配して窘《たしな》めているような――もっと言えば、「命が惜しくないのか」とでも言いたげな――そんな怯《おび》えた目をしている。

「え、それどういう意味？」

　小声でひそひそ言うのに普通の声で返したら、ミチルはぎょっとして慌てはじめた。そして動揺のせいか、自分の方こそ完全に音量設定を間違えた声でこう答える。

「だめですって、マスターはヤクザの息子さんなんですから！」

「えっそうなの⁉」

　千景と一緒に、ウェイターの八雲までもが驚きの声を上げていた。そして響き渡るのは、いつぞやも聞いたマスターの声帯が暴発する音。

「あっ間違えた、ヤクザの愛人かもしれないけどお金持ちの息子さんだと思っておいたほうがいい人だった。テンパって色々抜けちゃった」

　ますます激しく咳き込むマスターに代わって、いち早く冷静さを取り戻した八雲が事態の収拾に乗り出す。

「なるほど、そういうことでしたか……いえ、マスターはその、そういった筋の愛人でも息子でもありません。資金繰りなど、あまり現実的な話をお客さまの前で詳《つまび》らかにするのは差し控えたいと思いますが、こう見えましてもおかげさまで意外にそこそこ……いえぎりぎり……かろうじて……とにかく、当店の売上で収支は成り立っておりますし、黒いお金はどこからも流れていませんのでご安心ください」

「あ、そうだったんだ……すみません、勝手に変な想像して、大変失礼しました……」

ほっとしたミチルが恐縮して小さくなっている一方で、カウンターの中ではマスターがまだ苦しげにげほごほと喘《あえ》いでいる。

「……今まで、そんなふうに、思われて……」

八雲が憐憫《れんびん》に目を細めているのは、気のせいではないだろう。

何だか妙な空気になってしまったが……千景も記者の端くれ。一見平素の柔和な顔つきに戻った八雲が、先ほどまでとはどこか違う、油断ならない気配をまとっているのを感じ取っていた。

さすがに踏み込みすぎて、警戒されたようだ。これ以上迂遠《うえん》につつくのは得策ではない。どのみちいくら話しかけてもマスターは千景を無視するだろうし、ミチルは思った以上に彼の過去に関する情報を持っていない。それどころかひどいガセ情報で攪乱《かくらん》されるおそれまである。

ならば、ここらで勝負をかけるか。

「マスター」

ようやく呼吸を落ち着けたところの店主は、千景の呼びかけに返事はしないまでも、体勢を整えて向き直った。

乱れた前髪の奥を覗《のぞ》き込むように、両眼で彼を捉《とら》える。意味ありげな間を置くと、千景はふっと目を伏せ、静かに、できるだけしめやかな態度で唇を動かした。

千景が何を尋ねても、彼は答えない。無言を貫《つらぬ》き通すだろう。だが唯一、彼にも無視できないものがある。

「……ブルー・マンデーをください」

捲《まく》った袖の先、静脈の浮いた腕に、ぴくりと動揺が生じたのを千景は見逃さなかった。やはり反応した――もう、勝ったも同然だ。

今の彼がバーテンダーである以上、客からのオーダーだけは無視できない。

言葉を引き出せないのなら、カクテルで語らせる。彼の作ったブルー・マンデーにストーリーを見いだして、記事を書くのだ。

こんなときにも、やっぱり酒は役に立つ。酒好きで本当によかったと、祖父はもちろん自分自身にも感謝したい気持ちだった。

「ブルー・マンデーって、カクテルの名前ですよね？　どういうのだっけ……モクテルはともかく、カクテルは自分で飲めないから覚えるのが苦手で」

何も知らないからこそ、場が張りつめているのにも気づかないのだろう。ミチルは話が変わって助かったとでも思っているのか、今さっき自分がした失言を誤魔化すように明るい声で続ける。

「ブルー・マンデーでしょ……？　たぶんブルー・ハワイみたいな色だろうから、ブルーキュラソーが入ってる！　合ってます？」

「え、ええ」

勝手にクイズを始めたミチルに答える八雲の声は、平素の落ち着きを欠いていた。

どんな関係かはわからないが、やはり彼もすべての事情を知っているのだ。だからこそ動揺している――睨んだ通りだと、千景は確信を深めた。

「ブルー・ハワイはラムをベースにパイナップルジュースとレモンジュース、そして青いリキュールのブルーキュラソーをシェイクした、女性にも人気のカクテルですが……ブルー・マンデーの方は、ウォッカとコアントローをブルーキュラソーで着色した、お酒のみで構成されたカクテルですので……ミチルさんにはおすすめいたしません」

「うわ、それはたしかにわたしには絶対無理だわ。しかもその三つって、どれもアルコール度数四〇度前後ありますよね？　ド強いやつじゃないですか！　ブルー・マンデーなんて名前してるけど、日曜の夜にそんなの飲んだら翌朝憂鬱《ブルー》どころか完全に出勤できなくなっちゃいそう」

なんていい発言《トス》をくれるのか――ミチルが女神に見えてきた。

「そうじゃないんですよ」

千景の口元に、つい意地悪い笑みが浮かぶ。

いつもなら訊いてもいない蘊蓄《うんちく》を勝手に語りだすウェイターが、今は口を閉ざしている。ならば代わりに、私が話して聞かせようじゃないか。

「ブルー・マンデーって言ったら、普通はサザエさん症候群みたいなのを思い浮かべますよね。でもこのカクテルの由来はそっちじゃなくて、イギリスのロックバンド『New《ニュー》 Order《オーダー》』の、八〇年代に大ヒットしたシングル曲のタイトルなんです」

「へー、そうなんですね。でもその曲もブルー・マンデーっていうタイトルなら、やっぱり結局は同じ、月曜日の憂鬱な気分をテーマにしてるんじゃないんですか？」

「まあ、それはたしかにその通りかもですね……けど、憂鬱な理由に違いがあって」

言いながら、千景はじっとバーテンダーの方を見る。その視線を避けようとしてか、彼はこちらに背を向け、壁際の棚に並ぶグラスを吟味《ぎんみ》しているようだった。

「この曲は、かつてのバンドメンバーの自殺という悲劇的な実話から生まれたんです」

「え……」

ミチルの朗《ほが》らかな表情が、一転凍りつく。

「残されたメンバーたちが、彼の死を知った月曜日。そんな不幸さえなければ初めてのアメリカツアーに発つはずだった月曜日に、突然かけがえのない仲間がこの世を去った――その日の心境を歌っているんですよ」

これほど重い話だとは思ってもみなかったのだろう。ミチルは少しのあいだ黙り込んで、それから硬い声を絞り出した。

「そっか……それなら何となく、このレシピになったのがわかるかも。気持ちよく酔うためのカクテルじゃなくて、ひたすら強いお酒で酩酊《めいてい》しなくちゃやってられないほどの、深い悲しみがこもったカクテルなのかな……」

ミチルが低く、しんみりとそう言うと、店内は葬儀場のように静まり返った。

いつもはおしゃべりなウェイターも沈黙し、バーテンダーはいつも通り黙りこくったまま、カウンターの奥の方でこちらに手元すら見せずカクテルを作っている。

やっぱり間違いないと、千景は胸の内で拳を握っていた。今、この場に漂う重苦しい空気こそが、彼が瀧川和泉であることの証左だ。

事件後消息が摑めなくなっていたのは、和泉と良顕の二人。

顔出ししていなかった和泉はともかく、あれだけ目立つ容姿の良顕が目撃情報一つすら出てこないというのはあまりに不自然なため、巷《ちまた》では死亡説がささやかれていた。

真面目で情に厚い熱血漢だった良顕は、バンド活動にも一番熱心に取り組んでいた。ファンのあいだでは、『distORation』に文字通り命を懸けていた彼が突然の活動停止に絶望し、自ら命を絶ったと噂されているのだ。良顕がもうこの世にいないからディストレも再結成できないという説は一応筋が通っている。

正直、このあたりは眉唾だと思ってはいるが……実際死んではいないにしても、和泉の軽率な行動が彼のキャリアを殺したという見方はできる。

そんな和泉に、だから千景はこのカクテルをオーダーした。

少しでも狼狽《うろた》えたり、反応を見せてくれたらしめたもの。

さあ、瀧川和泉。これにどう答える――――いや、答えなくていい。何も言わないのはわかっている、だからただ、ブルー・マンデーを作ってくれるだけでいい。あとはこっちで勝手に記事にしてやるから。

もういくつかパターンは頭に浮かんでいる。たとえばそう、〈七年後の今、彼が場末のバーで作るカクテルは後悔の涙の色をしていた。〉とか何とか、そんな具合に。

企《たくら》みを抱く記者の前に、やがてすっと、物言わぬバーテンダーが立った。カクテルが出来上がったのだ。

カウンターの向こうから、お待ちかねの一杯を差し出してくる。

よし、これであとは書くだけ――

「えっ」

千景は目を疑った。

カウンターに置かれたのは、普通ブルー・マンデーで使われるカクテル・グラスではなく、氷入りのコリンズ・グラスだった。

しかし何より予定と違うのは、その色――青ざめた頬を流れる涙のような淡い水色ではなく、反対色の、鮮やかな赤。

「ちょっと、これって……」

これは明らかに、ブルー・マンデーではない。注文と違う！

「当店のルールをお忘れでしょうか」

千景の抗議を遮《さえぎ》るように、ウェイターがそれまでの沈黙を破った。顔にはいつもの温雅《おんが》な微笑みが浮かぶ。

「アルコールはお一人さま一杯まで。お客さまは先ほどお酒を召し上がりましたので、ご注文のカクテルの代わりに、こちらのモクテルをお出ししました。ここはモクテル・バーですから」

そうだった――――自分の頭を引っ叩きたい衝動に駆られる。

特ダネを摑んだ興奮のあまり、店のルールもさっきテキーラを飲んだことも、頭からすっかり蒸発していた。

とはいえだ。だからといって、こんな真逆の、まるで関係ないモクテルを勝手に作るだなんて。やはりここはクレームをつけて、あわよくばブルー・マンデーを作り直してもらおう。そう目論んだときだった。

「そっか、それで。ブルー・マンデーの代わりにこれなんですね。なるほど！」

何か得心して深く頷いているミチルを、千景は怪訝《けげん》に振り向いた。その視線に答えるように彼女が言う。

「あ、これわたしも前に飲んだことがあるんです。ブルー・マンデーとは全然違うと思いますけど、これもとっても美味しいですよ。千景さんもぜひ、飲んでみてください」

「え、いやでも」

「大丈夫ですよ。こうやって勝手に出てきたモクテルは、口に合わなかったらお代は取らないそうですから。まあそうやって出されて気に入らなかったことなんて、今まで一度もなかったんですけどね。とにかく試しに一口、味見のつもりでどうぞ」

甘ったるいカクテルは苦手、ましてや所詮《しょせん》はミックスジュースのモクテルなんて、気持ち悪くて飲めたもんじゃない。

けれどこうまで言われたら、とりあえず一口飲んでから「口に合わないから作り直せ」と言った方がスムーズにいくかもしれない。

……仕方ないなとため息を噛《か》み殺し、千景はグラスを持ち上げた。

指先にひやりとした感触。二秒躊躇《ためら》ってから、えい、と口に含んだ。

冷たい液体が口中を満たした、その瞬間。嫌いな味を迎えるために萎縮《いしゅく》していた舌が、嬉《うれ》しい驚きに跳ねた。

あれ、意外と嫌じゃない……というか、慣れ親しんだ味に似ている。強い酸味の中に、ほんのりとした苦味もある。これは、そうだ、いつも飲んでいるグレープフルーツジュースの味。けどそれだけじゃない、ライムの爽《さわ》やかな香りと、この赤い色の正体に違いない、甘酸っぱいベリーの味もする。

そして不思議なのは、いつもなら不快なはずのこの甘さが、なぜか美味しく感じることだ。酸味が強いから甘みが気にならないというよりも、この甘みこそがたまらなく、もっと欲しいとすら思ってしまう。

「……うまっ」

息継ぎと同時に、思わずぽろっとこぼしていた。

しまった。こんなことを言ってしまった後じゃ、作り直せとゴネられないじゃないか。だけど本当に、本音を抑えようもないほどに、これは美味しかった。一口飲めば二口目を我慢できず、三口飲んだら生き返るような、そんな……これは、この飲み物は、いったい何なんだ。

「中身はたしかグレープフルーツジュースとクランベリージュース、あとライムジュースも少し入ってるんですよ。疲れてるときって、甘酸っぱいものが身体に沁みますよね」

その言葉にはっとする。

興奮してまた忘れるところだったが、千景はここ何日も夢中で働いていたせいで、まともに寝てもいないし、栄養不足でヘトヘトで、身体が悲鳴を上げていたのだった。

そうだ、私は疲れていたんだ――――だからこんなにも沁みるんだ。

「わたしも先月、仕事でトラブルが続いたときがあって。身も心もボロボロの状態でこのカウンターに突っ伏して、明日出勤したくないーって愚痴ってたら、このお薬が出てきたんです」

「お薬？」

にこ、とミチルが微笑む。

「このモクテル、マンディス・キュアっていう名前なんですって。月曜日の治療薬」

「月曜日の……治療薬」

ミチルは穏やかな笑みを浮かべたまま頷いた。

「一週間の疲れを癒《いや》して、明日を生きるための活力を与えてくれる真っ赤なお薬。ブルー・マンデーが過去を悼《いた》んで心を慰めてくれるカクテルだとしたら、モクテルの方は、同じ月曜日でもちょっとだけ前向きですよね」

千景は右手に持ったグラスをまじまじと見つめた。

透明なグラスの半分の高さまで、鮮やかな色の霊薬が満ちている。

情熱の赤。ほとばしる血潮《ちしお》の赤。どんなに長い夜の後にも必ず昇る、燃える朝日の色。

「酒は憂《うれ》いの玉箒《たまばはき》と申します。つらい気持ちをお酒で洗い流したあとは、モクテルで力を補給して、また前を向く。週末はそんな、再生のための時間なのかもしれませんね」

八雲の声にもはや警戒の硬さはなく、いたわりのようなやさしい響きがあった。

千景はゆっくりと右手を持ち上げ、喉を反らした。赤いエネルギーが食道を通って、身体の中心から指先まで、全身に運ばれてゆく。

喉を鳴らす自分をにこにこ見つめるミチルの顔を、千景は不思議な思いで見返していた。

彼女もこうだったのだろうか。

ここでこんなふうに、自分でも気づいていなかった小さな不調を癒してもらったのだろうか。時々こうやって回復しながら、毎日を生きているのか。

やがて氷だけになったグラスをカウンターに戻して、千景は言った。

「ご馳走《ちそう》さまです。お勘定」

ありがとうございます、と微笑んだ八雲が革のキャッシュトレイを運んでくる。

支払いを済ませ、ミチルに挨拶して席を立つと、千景はふとドアの前で立ち止まり、カウンターを振り返った。

喋らないバーテンダーが、ぺこり、と小さく頭を下げる。

ふっと口元を緩めると、前を向いて木製のドアを押し開けた。ドアベルの音色を背に、地上への狭い階段を上ってゆく。

這《は》い出た日常の世界にはまばらなネオンが灯《とも》り、排気のこもったにおいがして、冬も近いというのに生暖かい。繁華街の夜は遠く、空の上方だけが深い色に沈んでいる。

ブルゾンのポケットが振動して、スマホを取り出した。小野寺デスクからの電話だ。

「はい、森山です」

『おー、お前まだ外か？　どうせ家帰ってねぇんだろ。新宿《しんじゅく》のクラブでアイドル同士が取っ組み合いのケンカしたっつうから、今から行って目撃者がいるうちに話聞いてきてくれや。こっちは例の、不倫現場の方に人割いちまってるからよ。まあアイドルってもどっちも知名度ねえし、ケンカの理由に何の面白味もなかったら記事にもならんだろうが。何かあったときの埋め草くらいにはなるだろうから、一応な』

「はあ」

気の抜けた返事を不満と取ったのか、小野寺デスクは声のトーンを落として言った。

『それとも何か、他にいいネタでもあんのか？』

ある。よくわからんアイドル同士の小競り合いなんかとは比べものにならない、超特大のネタが。

瀧川和泉を待っているファンは大勢いる。何万、いや何十万——単純な好奇心から彼の現在を知りたがっている人間は、その何倍もいるだろう。大衆の興味をかきたてる特ダネを、今、数多《あまた》の記者の中で千景だけがその手に握っている。

千景は大きく深呼吸をして、切り出した。

「デスク、実は……」

いつもと様子が違う深刻な声に、小野寺デスクも何かを感じ取ったのだろう。受話器の向こうで息を呑む気配がする。

「実は私、ここ何日か寝るの忘れて酒ばっか飲んでて体調崩してたみたいです。この取材終わったら、明日は有給もらっていいですか？　久しぶりに一日ドカッと寝たいです。寝ないと倒れますたぶん」

んな……、と絶句したデスクは、呆れと、呆れと、呆れをマーブル状にして叫んだ。

『おま、勝手に無理して過労死とか絶対やめろよ！　怖《こえ》えわ、もういいから今すぐ帰って寝ろ！』

「いやこの取材だけ行ってきます」

『頼むから休め馬鹿休んでください』

行くの行かないのと電話越しに押し問答をしながら、舗道のタイルにブーツの足を踏み出す。

今、千景の頭の中に響いているデスクの言葉は、耳元で聞こえる声ではなく、一時間前に言われたあの台詞だった。

書く書かないの決定権があんのはな、自分《てめえ》で掴んだネタだけだ。

つまり……今夜掴んだこのネタには、書かない権利があるということだ。

きっとこれからも、千景は無理をするだろう。ネタを追うために、夢中になって寝食を忘れてしまう。そういう性分なのだ、これはもう治らない。

そんな自分に、薬を出してくれる場所がなくなっては困る。

ミュージシャン瀧川和泉を待つファンの数は計り知れない。けれど千景は今さっき、カウンターでグラスを傾けるミチルの笑顔を間近に見てしまった。

頑張っている彼女にも、頑張ってしまう千景にも、まだ話したこともない他の客、これからあの店に迷い込んでくるだろう、まだ見ぬ客にも。あの、ほんの十席もない小さな店のバーテンダーが必要だ。

それに何より……ネタは酒場に転がっている。

一つの特ダネを失うより、一つの酒場を失う方がずっと恐ろしいと思う自分は、きっとそれほど間違ってはいないはず。

「あ、デスク。窓の外見てください、今夜は月が綺麗《きれい》ですよ」

『お前な。上司を口説いてんのか？　これが令和の新人類か』

「思ったことを言っただけなのに」

都会の空に青白く浮かぶ月を見上げて、じんわりとほくそ笑んだ。誰にも言えないもどかしさを、自分だけがすごいことを知っているという密かな優越感で慰める。

でもなぁ、と千景は顔を顰《しか》めた。

自分が記事にしなくても、いつかどこかでバレそうだな。何か色々脇が甘いもんな、あの人たち。

もしも、他の誰かに見つかりそうになったら――そのときは絶対、私が先にスクープしてやる。横取りなんかされてたまるか。

Garnish:3

午後七時、開店のお時間となりました。

まずは地上に看板を出してくるのが、僕のお仕事です。

とはいえ開店時間は気まぐれなところがあり、今日は午後七時です。ちなみに営業日も同じく気まぐれで、休みたいときに休みます。羨《うらや》ましいですね。僕もそんな働き方をしてみたいものです。ええ、気まぐれというのはもちろんアルバイトの気分ではなく、オーナーの気分ですから。

そんな営業形態ですので、開店してもどなたもいらっしゃらない、開店休業となる日も時にはございます。日頃から賑わいに乏しい当店ですから、今さら驚かれもしないことかと存じますが。

さて今夜はどうなることか……と、いつものように、期待はせずにドアを開けようとしたときです。

「こんばんはーっ」

ドアベルが大きく鳴り、視界が花で埋め尽くされました。

「よかった開いてて。まだ看板出てなかったですけど、そこのライトが点《つ》いてたからやってるかなーと思って」

黄色にオレンジ、明るい色合いで生気溢《あふ》れる花々の後ろから、ひょこっと見慣れたお顔が出てきました。籠《かご》入りのアレンジメントには〈SOBER《ソバー》 CURIOUS《キュリアス》様　祝一周年　桃乃《ももの》商事〉と立て札が挿してあります。

「いらっしゃいませ。ミチルさん、これは……」

「このあいだ、ちょうどそろそろ一周年だって言ってましたよね？　正確な日付知らないし、知っててもその日にお店開いてるかがわからないんで、勝手に今日祝うことにしました！　あ、これよかったら飾ってください」

花籠を手渡してくる彼女の肩には、美しくネイルを施した大ぶりの手が置かれています。

「おめでとー！　一年も続くなんて、正直思ってなかったわよ」

「よ……沙羅《さら》さんも、こんばんは。ご一緒にいらしたんですか」

「私だけじゃないわよ。今日は押しかけ一周年パーティーしちゃおうって、ミチルちゃんが常連とかお友達に声かけてくれてたの」

その言葉通り、後から後から、次々にお客さまが狭い階段を下りてこられます。

小さな店はあっという間に満杯になって、テーブル席は初対面のお客さま同士にもご相席をお願いするほどになりました。

「あれ、千景《ちかげ》さんはいつものテーブル席じゃなくていいの？」

「うん、こっちで大丈夫。最近はいつもカウンターなんだ、マスターとお近づきになりたくってね。もっとこの店のことが知りたいの、ふふふ……」

いつも鞄にノートＰＣを携《たずさ》えたお客さまが、丸眼鏡の奥で不敵に目を細めています。

一方壁際のテーブルでは、ミチルさんのお友達同士が向かい合っていらっしゃいました。お一人は今ではもう常連さまのような方ですが、もうお一人は初めてお見えです。

オーダーを取りにうかがうと、お二人は声を揃《そろ》えてウイスキーをご注文なさり、目をぱちぱちさせてお互いの顔をご覧になりました。

「結構いける口なんですか？　こういうお店のお客さんだから、飲まない人なのかと思いました」

「モクテルも好きになりましたけど、お酒大好きですよ。バーボンには思い出もあるし」

「実はわたしも相当好きな方なんです。だからお酒を扱う会社に入ったくらいなんですけど、お酒と関係ない部署になっちゃって……」

あっという間に意気投合したお二人は、お帰りの頃には飲み比べ勝負の約束で盛り上がっておられました。

「へー。モクテル・バーなんて、じいちゃんにしては面白い店知ってんじゃん。今度彼女連れてこようかな」

「その前にさっさとうちに連れてこいってんだ。こっちが生きてるうちに紹介してもらいたいもんだね」

近くのバーのマスターも、お孫さんと来てくださいました。同業者のご来店というのは、妙な緊張感があって身が引き締まるものですね。

入れ替わり立ち替わり、お馴染《なじ》みの方も初めましての方も、グラスを交わし、言葉を交わしています。

開店から一年あまりで、こんなことは初めてです。

経験したことのない忙しさに僕もマスターもてんてこ舞いではありましたが、ＢＧＭのないこの店に音が満ちてゆくのは、何とも心地がよいものでした。

いいんでしょうか、こんなに楽しくて。

こんなに楽しくさせてもらっては……僕が何のためにここにいるのか、忘れてしまいそうです。

決して忘れてはいけない、七年前のあの日。僕はマネージャーという立場でありながら、大切な彼らを守ることができなかった。

当時メンバーは二十歳《はたち》前後の、まだ子どものような若者たちでした。しかも三人の中でたった一人、和泉《いずみ》くんだけが未成年——そのことに、僕がもっと留意しておくべきだったのに。

あのとき僕が同席していたら。いやその前に、潤《じゅん》くんが和泉くんを連れ出すのを、家族のことだと軽く考えなければ。防げたはずのタイミングを挙げればきりがないですが、とにもかくにも、僕の認識が甘かった。それに尽きるでしょう。

犯した罪に対する意識と、世間から受けた罰とのギャップに戸惑う彼らの姿が、今でも目に焼きついています。

どこにでもある話。誰でもやってること。大したことじゃない。

たとえその通りだとしても、自分たちはもうそんな言葉が盾《たて》にならない場所に立っているということを、彼らはまだ実感できていなかったのです。

高みを目指し、上り詰めるほど足場は狭く不安定になり、一瞬の油断で滑り落ちて地面に叩きつけられてしまう。

成功し注目されるということは、その無数の目に見張られること。ほんの少しの間違いも許されなくなる危うさを、僕がしかと教え、何より守らなければならなかったのに。

すべてはもう、取り返しのつかないことです。

「ちょっと人呼びすぎちゃったかなー？　すみません、さすがに忙しすぎですよね。わたしもお手伝いします！」

「いえミチルさん、お客さまにそんなこと……」

「今日は客じゃなくて、関係者の方ってことで。ほら、あのお花もちゃんと会社の経費で落としてきましたから」

にっと笑ってジャケットを脱いだ彼女は、カウンターの中に入ると威勢よくブラウスの袖《そで》を捲《まく》り、シンクに溜まっていたグラスを洗いはじめました。

横並びの作業台でオーダーに追われているバーテンダーは、隣が気になって仕方のないご様子。ナイフ片手にちらちらとよそ見をしているので手元が心配になりますが、危なっかしいのは彼女の方で、薄吹きのグラスを持ち上げて『我ながら割りそうで不安』という顔をしています。

見かねた彼が何事かをささやきかけ、それに彼女が「大丈夫です！」と胸を張るという、まるで安心できない光景がカウンターの中で繰り広げられました。

「八雲《やくも》さん」

ふと声をかけられ振り返ると、僕の、もう一人の大切な若者が千円札を差し出していました。

「ごちそうさまでした、今日はこの辺で失礼するわ。あっちはお取り込み中みたいだから、あとでよろしく言っといて。冗談抜きで一年も続くなんて思ってなかったけど、こうして見るとなかなかいいお店になったわね。みんな楽しそうじゃない」

くすりと笑った彼……いえ彼女は、僕にそっと耳打ちしました。

「和泉にこんな才能もあったなんてね。天才は何やらせても天才ってことかしら」

カシミアのロングコートを翻《ひるがえ》して、彼女は帰っていきました。

瀧川《たきがわ》和泉は、天才でした。

天から与えられた祝福のようだった、あの才能。鮮やかな色と輝きに満ちた音楽を紡《つむ》ぐ、あの若き才能を、僕は守れなかった。

だからせめて、彼がこれからどんな道を選ぼうとも、僕がそばで支え見守っていこうと決めたのです。そうやって償《つぐな》いながら残りの人生を生きていこうと、決めたはずなのに。

これでは償いにはなりません。

本当はもうだいぶ前から、そんなものではなくなっていました。

お客さまの喉《のど》と心を潤すモクテルは、飲む人だけでなく、その場にいる僕まで酔わせてくれていたようです。うっとり甘く、時にぴりりとスパイシー。こんな味わい豊かな日々を、幸福と呼ばずして何というでしょう。

モクテルがアルコールを失ったカクテルではないように、僕の人生も、失ったのではなく新しい楽しみを得ていました。

願わくば、彼も……いえ、僕が願うまでもありませんでしたね。幸せでない人が、これほど人を幸せにできるはずがありませんから。

それにほら、近頃は喋《しゃべ》るだけじゃなく、笑うようにもなったんですよ。髪に隠れたあの笑顔に、誰も気づいていないのが残念ですが。

参考

成美堂出版編集部編『カクテル大事典８００』（成美堂出版）

旭屋出版編集部編『MOCKTAIL《モクテル》　魅力広がるノンアルコールカクテルの世界』（旭屋出版）

宮之原拓男《みやのはらたくお》、平井杜居《ひらいとおる》、山下和男《やましたかずお》、長友修一《ながともしゅういち》、井伊大輔《いいだいすけ》『5人のバーテンダーが語るもう一つのBar物語』（旭屋出版）

織田信孝《おだのぶたか》『バーテンダー・サービスバイブル』（社）日本バーテンダー協会監修（誠文堂新光社）

カゴメホームページ　ニュースリリース『アサヒグループ、カゴメ共同研究　トマトが飲酒後の血中アルコール濃度を低下させることをヒトで確認　～酔いの回りが緩やかになり、飲酒後の酔い覚めも早まる可能性が示唆～』（二〇一二年）
https://www.kagome.co.jp/company/news/2012/001371.html

アサヒ飲料ホームページ　ニュースリリース『日本食品科学工学会　２０１３年度大会

で発表　オレンジ果汁がアルコール代謝を促進することを発見　～果汁に含まれる糖と有機酸による効果であることを確認～』（二〇一三年九月九日）
https://www.asahiinryo.co.jp/company/newsrelease/2013/pick_0909-1.html

※この作品はフィクションです。実在の人物・団体・事件などにはいっさい関係ありません。

集英社オレンジ文庫をお買い上げいただき、ありがとうございます。
ご意見・ご感想をお待ちしております。

● あて先
〒101-8050　東京都千代田区一ツ橋2-5-10
集英社オレンジ文庫編集部 気付
ゆきた志旗先生

ミッドナイト・モクテル

飲まないあなたのためのバー

集英社
オレンジ文庫

2022年9月21日　第1刷発行

著　者　ゆきた志旗
発行者　北畠輝幸
発行所　株式会社集英社
〒101-8050東京都千代田区一ツ橋2-5-10
電話【編集部】03-3230-6352
【読者係】03-3230-6080
【販売部】03-3230-6393（書店専用）
印刷所　大日本印刷株式会社

ISBN 978-4-08-680466-0 C0193